SV

Peter Handke

Versuch über den Pilznarren

Eine Geschichte für sich

Suhrkamp Verlag

Erste Auflage 2013

Druck: Friedrich Pustet, Regensburg
Printed in Germany
ISBN 978-3-518-42383-7

Versuch über den Pilznarren

»Und wieder wird es ernst!« sagte ich vorhin unwillkürlich zu mir selber, bevor ich mich auf den Weg zu dem Schreibtisch hier machte, wo ich jetzt sitze in der Absicht, mir über die Geschichte meines verschollenen Freundes, des Pilznarren, eine gewisse – oder eine eher ungewisse – Klarheit zu verschaffen. Und weiter sagte ich unwillkürlich zu mir selber: »Das darf doch nicht wahr sein! Daß es sogar ernst wird beim Angehen und Niederschreiben einer Sache, welche wohl ganz und gar nichts Weltbewegendes an oder in sich hat; einer Geschichte, zu welcher mir im Vorfeld (ein Wort, das einmal am Platz ist) dieses Versuchs der Titel eines jahrzehntealten italienischen Films in den Sinn kam, mit Ugo Tognazzi in der Titelrolle: *Die Tragödie eines lächerlichen Mannes* – nicht der Film selber, allein dieser Titel.«

Dabei ist die Geschichte meines ehemaligen Freundes nicht einmal eine Tragödie, und ob er jemand Lächerlicher war oder ist: Schon das ist mir unklar, und wird und wird mir auch nicht klar; und wieder unwillkürlich sage und schreibe ich jetzt: »Möge das so bleiben!«

Noch ein Film kam mir, bevor ich mich auf den Weg zu dem Schreibtisch hier machte, in den Sinn. Da war es freilich nicht der Titel, sondern eine der Anfangsszenen, wenn nicht überhaupt die Szene des Anfangs. Es handelte sich da – wieder einmal … – um einen Western, von – erraten – John Ford, und James Stewart sitzt am Anfang der Geschichte als der berühmte Sheriff Wyatt Earp, scheint's lang lang nach seinen inzwischen legendären Tombstone-Abenteuern, müßig-träumerisch wie nur James Stewart auf der Veranda seines Sheriffbüros in der südlichen texanischen? Sonne und läßt, dem Anschein nach so friedlich wie entschieden, unter der Krempe seines halb über die Augen gezogenen Hutes nichts als die Zeit vergehen, beneidenswert und zugleich ansteckend. Dann aber, sonst wäre das ja keine Wildwestgeschichte, der Aufbruch ins neue Abenteuer, zu Beginn eher widerwillig und, erinnere ich mich recht?, verlockt nur vom Geld, und es geht da eher nord- als westwärts. In der Folge allerdings, und insbesondere am Ende der Geschichte: das selbstverständliche Eingreifen, die sanfte Aufmerksamkeit, die still helfende Geistesgegenwart, wie wieder einzig James Stewart sie ausgestrahlt hat und weiterhin ausstrahlt. Nicht nur »Two Rode Together«, frei nach dem Titel des Films, wo der zweite Reiter Richard Widmark ist: mehr Leute ritten am Ende zusammen, viele, wenn nicht (fast) alle. Warum mir gerade der Anfang dieses Films, mit dem ausgestreckten Beinpaar, in Stiefeln, des so ansteckend trägen, keinen Finger rührenden, den sogenannten Ordnungshüter selbstbewußt dem, ja, befreienden Lachen preisgebenden Sheriffs vor dem, ja, Aufbruch zum Schreibtisch gegenwärtig wurde?

Ich saß da gerade selber so mit ausgestreckten Beinen, in Stiefeln. Allerdings war das auf keiner Veranda, und auch nicht im tiefen Süden, sondern im düsteren Norden, fern von Sonne und Sonne, die Beine auf der Fensterbank innen in einem jahrhundertealten Haus mit fast meterdicken Mauern und draußen die Schwaden des Spätherbstregens, und ein kalter Wind, der aus den schon durchsichtigen Buchenwäldern des Plateaus durch die Scheibenritzen strich, und die Stiefel waren Gummistiefel, ohne die kaum ein Gehen möglich, schon gar nicht querfeld- oder querwaldein, und diese Stiefel zog ich, als ich mich dann aufmachte zum Schreibtisch, ›aus‹, streifte sie ab draußen vor der Haustür, an einem Ding, das einmal »Stiefelknecht« hieß, in meinem Fall ein altertümliches Ding aus schwerem

Eisen, in Gestalt einer überdimensionierten Schnecke, deren metallenes Fühlerpaar mir die Stiefel von den Fersen hobelte und hebelte, und dann mit ein paar Schritten hinein durch die nächste Tür in den Anbau, den kleinen Schuppen, den »Annex«, wie ich ihn nenne, hier an den Tisch zum Schreiben.

Wie das? Die paar Schritte hinaus und hinein an den Schreibtisch ein »Weg«? Ein »Sich-auf-den-Weg-Machen«? Ein »Aufbruch«? So kam es mir vor. So habe ich es erlebt. So war es. Und inzwischen dämmert es schon novemberlich unten in der Ebene, die sich vom Fuß des Plateaus, an dessen Steilkante ich sitze, zu den großen Horizonten noch weiter nordwärts zieht, und die Lampe auf dem Tisch ist eingeschaltet. »Soll es doch ernst werden.«

Ein Pilznarr war mein Freund schon sehr früh, wenn auch in einem anderen Sinn als in seinen späteren oder gar späten Jahren.

Erst da, gegen das Alter hin, kam über ihn als den Narren eine Geschichte in Betracht. Geschichten über Pilznarren sind ja nicht wenige geschrieben worden, in der Regel, oder sogar ausnahmslos?, von den Narren persönlich, die von sich als »Jäger« oder jedenfalls als Aufspürer, Sammler und Naturforscher reden. Daß es überhaupt nicht nur die Pilzliteratur, die Pilzbücher, gibt, sondern eine Literatur, wo einer von den Pilzen im Zusammenhang mit seiner eigenen Existenz erzählt, scheint erst in neuerer Zeit, vielleicht überhaupt erst nach den zwei Weltkriegen des vergangenen Jahrhunderts, so recht der Fall geworden zu sein. In der Weltliteratur des neunzehnten Jahrhunderts spielen die Pilze in kaum einem Buch mit, und wenn, dann klein, im Vorbeigehen, und ohne Verhältnis zu gleichwelchem Helden, stehen eher für sich allein, wie etwa bei den Russen, Dostojewski, Tschechow.

Eine einzige Geschichte ist mir im Sinn, wo jemand, wenn auch bloß für eine Episode, in die Pilzwelt verwickelt wird, ohne sein Zutun, ja gegen seinen Willen, und das geschieht im Roman *Far from the Madding Crowd* von Thomas Hardy – England, spätes neunzehntes Jahrhundert – der schönen jungen Heldin, die sich nachts auf dem Land irgendwo verirrt, in eine Grube voll mit riesigen Pilzen rutscht und dort, umzingelt von den unheimlichen Gebilden, die zusehends zu wachsen und sich zu vermehren scheinen, bis zum Morgengrauen in der Pilzgrube gefangen bleibt (so jedenfalls meine ferne Erinnerung).

Und jetzt, in der ganz neuen, in, wie sagt man?, »unserer« Zeit häufen sich anscheinend die Erzählwerke, worin die Pilze eher ihrer Rolle in den Phantasmagorien der Allgemeinheit nachkommen, entweder als Mordwerkzeuge oder als Mittel zur, wie sagt man?, »Bewußtseinserweiterung«.

Nichts von dem allen, weder der Pilzjäger als Held, noch als der Träumer vom vollkommenen Mord, noch als der Vorläufer eines anderen Ich-Bewußtseins, soll in dem »Versuch über den Pilznarren« erzählt werden. Oder, in Ansätzen, vielleicht doch? So oder so: Eine Geschichte wie die seinige, wie die sich ereignet hat, und wie ich sie, zeitweise aus nächster Nähe, miterlebt habe, ist jedenfalls noch keinmal aufgeschrieben worden.

Sie hat begonnen mit dem Geld, vor langer Zeit, als der zukünftige Pilznarr noch ein Kind war, begonnen mit dem Geld, auf welches das Kind bis in den Schlaf hinein aus war, wo nachtlang auf allen Wegen die Münzen glänzten, die dann keine waren, begonnen mit dem Geld, das ihm, ob in der Nacht oder am Tag, fehlte, und wie. Daß er tagsüber, wo er ging oder stand, den Kopf so hängen ließ, hieß allein: er äugte zu seinen Füßen nach einer Wertsache, wenn nicht nach einem verlorenen Schatz. Warum er in der Tat nie Geld hatte, höchstens dann und wann eine Kleinstmünze, mit der nichts, aber schon gar nichts anzufangen war, und auch zuhause kaum je ein Geld, schon gar keine Scheine, zu Gesicht bekam, das tut hier nichts zur Sache. Wie konnte er bloß zu Geld kommen? Und er war dabei nicht einmal habgierig – gierig, es bei sich zu haben –: hätte er es eines Tages, würde er sich auf der Stelle auf den Weg machen und es ausgeben, er wußte schon, lange schon, wo und wofür.

Wie es sich traf, wurde in der Nähe des Dorfs, wo er aufwuchs, eine »Pilzsammelstelle« eingerichtet. Es war das die Periode nach dem Zweiten Weltkrieg, da der Handel und die Märkte im allgemeinen auf eine neuartige, eine im Vergleich zur Zwischenkriegszeit verwandelte Art wiederauflebten, und im besonderen der Handel und Austausch zwischen den ländlichen

Gegenden und den größeren Städten, deren Bewohner frisch auf den Geschmack für noch nie Gekostetes (und nicht bloß importiert aus den Tropen oder sonstwoher) kamen, und im ganz Besonderen der Handel mit den Waldpilzen, den, anders als die »Champignons«, weder in Kellern noch Bergstollen züchtbaren, sondern wilden, jeweils aufzustöbernden, was mit dazu beitragen konnte, zumindest fern in den Städten, zum Geschmack von etwas Seltenem, einer Delikatesse.

Jene Pilzsammelstelle, wo die Funde der ganzen, ziemlich waldigen Gegend gegen Bezahlung hingeliefert werden konnten und von wo sie in einem gehäuft vollen Lastwagen in die Stadt weitergeliefert wurden, jenes Sammelhaus war es, welches das geldversessene Kind seinerzeit auf die Sprünge brachte. In die Natur war der spätere Pilznarr zuvor eher für nichts und wieder nichts aufgebrochen. Nichts und wieder nichts:

Das war in der Regel das bloße Rauschen, Brausen, Sausen oder auch nur das Lispeln der Bäume, und dafür drang er auch gar nicht eigens ein in die Wälder oder sonstwohin, sondern hockte sich dort hin an den Rand, und hockte und hockte, und blieb und blieb, mit dem Rücken zu den Bäumen, vor sich das eher leere Land.

Von den Säumen in die Tiefe und dann in das Innerste der Wälder ging es erst aus den genannten Geldgründen. Die Wälder der Kindheitsgegend waren vor allem Nadelwälder, und überdies fast ausschließlich, bis auf die lichteren Lärcheninseln oben in den Berglagen, die Fichten, mit ihrem besonders dichten Nadelkleid, und diese Bäume wuchsen jeweils nah beieinander, die Äste und Zweige ineinander verzahnt und verflochten, und finster und finsterer wurde es beim Hineintauchen zwischen all dem Fichtengewirr, so daß mit der Zeit weder Einzelbäume noch ganzer Wald sinnfällig wurden, und am finstersten und ortlosesten war es dann im Waldinneren, das oft schon bald oder sogar gleich, nach ein paar Schritten weg von den Rändern, einen umfangen hielt: kein Durchblick mehr zwischen den Stämmen mit den in der Regel toten unteren Ästen hinaus in das eben noch ihn umgebende Freie, in das eben noch das weite Land bestrahlende Tageslicht, als Licht nur ein gleichbleibendes tiefes Dämmern, welches nirgends als Licht wirksam wurde, nicht bloß »kaum ein Hauch« in den (unsichtbaren) Wipfeln, sondern gar keiner, vom Vogelgesang vor ein paar Schritten zu schweigen.

Eine Art Licht kam dafür von dem, was auf dem Waldboden, manchmal halb im Moos dort versteckt, zu finden war. Je öfter das Kind in die Finsterwälder vorstieß, desto mehr wurde es empfangen von jenem Licht, noch bevor es überhaupt fündig geworden war, ja, lange bevor, und immer wieder auch, wenn in der Folge die Fundstellen sogar völlig ausblieben – von dem Licht im Moos war es dann also regelrecht genarrt worden.

Was für eine Art Licht war das gewesen? – Ein Schimmern. Unter dem stumpfgrauen Dickicht aus Totholz und Flechten schimmerte ein Schatzkammerlicht. Wie das? Die Häufchen von Gelblingen, die einem da und dort später leibhaftig entgegenleuchteten, in die Augen sprangen, einen in dem Düster auf den ersten Blick buchstäblich blendeten, ein Schatz? Ein Schatz, etwas, für das du bei seinem Einlösen gegen Geld draußen an der Pilzsammelstelle, selbst beim schönsten Finderglück, im Höchstfall ein, zwei kleine Scheinchen ausbezahlt bekamst, in der Regel aber kaum eine Handvoll mittelprächtiger Münzen? – Abgesehen davon, daß das Kind damals auch an dem Umtausch in bloßes Klimperzeug seine Freude und dann seinen Nutzen hatte und stolz war, und wie!, allein, aus eigenem »Geld verdient« zu haben: Es handelte sich bei solchem Finden, weit weg von den andern, der »madding crowd«, tief in den Wäldern, falls die Funde, und wenn auch in Grenzen, sich häuften, um Schätze, klar – sonnenklar!

In diesem Moment der Geschichte von meinem Pilznarren geht mir im übrigen auf, daß mein verschollener Freund sich von klein auf zum Schatzsucher bestimmt oder, nach seinen eigenen Worten, berufen sah. In seinen Augen war demnach schon das Kind etwas wie ein Auserwählter, wenn es sich auch nicht so bezeichnet hätte. Sondern? Eher als jemand »nicht ganz Normalen«. Wie auch immer: Sooft er von zuhause, vom Elternhaus, vom Kindheitsdorf weglief hinaus über die Wiesen, Weiden und Äcker und hinauf durch die letzten Obstgärten zum Rand des Waldes, um »sich einzuhören« dort am so unterschiedlich tönenden Blätterwerk – den Waldrand bildeten ja eher die Laubbäume –, tat, und unternahm, er das im Bewußtsein, oder meinetwegen in der Einbildung, eines höheren Auftrags.

Die Bewegung der Baumkronen im Wind, selbst lautlos, sphärisch durcheinander, erlebte er als eine Vorschrift, oder als das andere Gesetz; jene Bewegung schwenkte ihn ein in den, in die Himmel. Und zugleich war es eine Geschichte für sich, eine Geschichte von schwankenden Wipfeln, und nichts sonst, eine Geschichte von nichts, und allem. Vom Schauen und Hören kam er ins Sinnen, wobei er sich weit mehr am Platz fühlte als bei gleichwelchem Denken. Ach, und sowie dann das Sausen und Brausen überging ins Stimmhafte, zur Stimme wurde! Und wie die Stimme ihn dann begeisterte! Wofür? Für nichts und wieder nichts. Ging er ein oder über in die Bewegung der Wipfel? Es ging auf, wie eine Rechnung, nach langem Fehlkalkulieren, endlich aufgeht. Keine noch so wilde Meeresbrandung konnte ihm später das Birkenrieseln, das Buchenrauschen, das Eschensausen, das Eichenbrausen an den Waldrändern ersetzen. Es gab den Schatz, den für ihn von Kindesbeinen bestimmten. Die zerquetschten Dosen und Zigarettenschachteln auf den Feldwegen waren es nicht. Waren es dafür die Sphären der Baumkronen? Nicht ganz. Was er vom Rauschen und Brausen der Bäume erwartete, war nichts sich selbst Genügendes, keine Sehnsucht nach einer Verzückung oder einem Niemand-und-Nichts-Werden als der Erfüllung. Sich einzuhören, hieß nicht Einswerden. Es war verbunden mit einem Aufruf, einem Anstoß zum Handeln. Nur welchem? Was für einem? Umfangen vom Rauschen? Nicht ganz, nicht als Ganzer, keinmal.

So oder so brach er zum Waldrand hin auf als ein Schatzsucher, ein spezieller, auch wenn er dort dann bloß – so sehe ich ihn jetzt hier am Schreibtisch vor mir – mit seinem dikken Schädel, der dabei nur noch dicker und dicker wird, nachmittagelang stummstier dasitzt, sich manchmal am Scheitel kratzt, kurz in einen Löwenzahnstengel bläst, was einen so gar nicht mit dem Blätterrauschen übereinstimmenden Brummton, eher einen Mißton, wie vom Furz einer Kuh, ergibt, zuletzt wiederholt zusammenschauert, kaum aufgrund irgendeiner Ergriffenheit oder gar Erschütterung, sondern sichtbar, weil ihn mit der Zeit, nun vor der ersten Dämmerung, zu frieren und zu frösteln beginnt, und sich endlich mit seinem unsichtbaren Schatz heimtrollt, wo er seiner Mutter über den Mund fährt, die schon damals ständig das Verschollengehen ihres Sohnes befürchtete und jetzt einen sanften Vorwurf wagt, während er jeweils – das sollten die Eltern doch ahnen, ohne daß er es eigens erklären müßte – unterwegs in seinem besonderen Schatzsucheramt zu sein hatte.

Und es fällt mir dazu auch noch ein, daß mein Narr in der Kindheit sich einbildete, obgleich jeweils nur für Augenblicke, oder einen einzigen, die Kraft zum Zaubern in sich zu haben. Er glaubte, eine Zauberkraft in sich zu spüren, in seinen Muskeln, aus denen in solchem Moment sich ein einziger, der Zaubermuskel ballte. – Und wie, oder was, wollte er dann zaubern, oder verzaubern? – Sich selber. – Und wie? Und als was? – Wegzaubern wollte er sich, mit geballter Muskelkraft sich vor aller Augen wegzaubern. Weg von allen Augen, und zugleich dableiben. Nein, nicht da, nicht an Ort und Stelle, vielmehr vorhanden bleiben, umso vorhandener und das zum Staunen aller. – Und wie sehe ich das Kind jetzt nach dem Moment Zusammengeballtgewesenseins? – Mit einem dickeren Schädel denn je. Als Ganzes wie angeschwollen. Und ich höre es: Es räuspert sich. Es hüstelt. Es kichert, in sich hinein, beschämt und doch nicht geschlagen. Und ich rieche, ich erschnüffle es geradezu: Mein Freund, der Nachbarjunge, wird nicht aufgeben. Er ist sich gewiß, beim nächsten Mal, und wenn nicht dann, so gewiß irgendeinmal, wird ihm das Sichwegzaubern, weg von uns anderen, gelingen.

Die Pilzsammelstelle, wo er, zwei oder drei Sommer lang, seine Schätze gegen bares Geld ablieferte, befand sich in einem abgelegenen, allein stehenden Haus außerhalb des Dorfes. Dieses Haus war höher und breiter als die anderen Wohnstätten in der Gegend und unterschied sich von denen auch in der Bauweise und Form, klobig, fremdartig, weder Bauern- noch Bürgerhaus, eher in der Art der damaligen »Armenhäuser«, wo hinter einem jeden der staubigen, zum Teil mit Pappe ersetzten Fenster mehr in der Ahnung als in der Gegenwart eine reglose Menschenpuppe stumm die Augen aufgerissen hatte – nichts mehr im Blick oder Ohr, und schon gar nicht den oder die in der Nebenkammer. Und das Gebäude diente in der Tat als eine Art Notunterkunft, oder Auffanglager, für eine einzige Familie, die, nach dem Krieg aus einem nahen slawischen Land geflüchtet oder bloß so ausgereist, hier ihre vorläufige Asylstätte hatte. Gewohnt, wie auch immer, wurde allein im Erdgeschoß, in dunklen, türlosen Höhlen, die zwei oberen Etagen standen leer, waren wohl auch nicht bewohnbar, hatten schon von außen den Anschein von – nicht Kriegs-, sondern Vor-Vorkriegsruinen, wie überhaupt das Haus von oben bis unten, das Parterre eingeschlossen, fand man sich drinnen, mit eingezogenem Kopf und keinmal mehr als einen Schritt weit weg vom Ausgang, nichts von gleichwelchem Haus, und schon gar nicht Wohnhaus, hatte, wenn überhaupt, etwas von einem verfallenen Bunker: noch ein Schritt, und der würde endgültig über einem zusammenstürzen.

Dabei hauste die ins Erdgeschoß gepferchte ausländische Familie da, wie wenn nichts wäre. Geradezu herrisch wirkten fast sämtliche ihrer Mitglieder, sogar die Kinder, sogar die kleineren. Und das kam von dem Handel, auf den sich die Sippe bald nach ihrem Ortsfestwerden in der Fremde wortwörtlich geworfen hatte. Springlebendig kurvten sie, jedesmal, wenn mein Narr samt seiner Lieferung auf der nichtvorhandenen Hausschwelle stockte, eins nach dem anderen aus den Unterschlüpfen, und einer von ihnen, das konnte auch ein Kind sein, jünger als er, setzte auch schon die Vorkriegswaage in Betrieb, samt den zwei Waagschalen, die eine für seine Mitbringsel, die andere für die Gewichte.

Selten, daß er der einzige Lieferant blieb. Ein paarmal hatte sich das ergeben, und das nur im ersten Sommer, als die Pilzsammelstelle eben erst eingerichtet worden war. Mit dem Ende jenes Sommers, und wie erst in den folgenden, drängten sich die örtlichen Sammler jedesmal am Einlaß zum Flur des Bruchhauses, und die Waage rückte mit der Zeit aus dem Inneren mehr und mehr vor, bis sie schließlich mitten im Höhleneingang stand, gleichsam als das Insignium der Handelsherrschaft. Und die anderen Lieferanten kamen jedesmal mit entschieden mehr Sammelgut daher, schleppten es, in großen Taschen, Körben und Rucksäcken, alle Hände voll, auch Wägelchen ziehend, während er mit dem seinen eher bloß so daherschlenkerte. Diese älteren Männer und vor allem alten Weiber wußten, wo die Plätze waren. Und doch wurde sein eher Weniges von der Handelsherrschaft mit der gleichen, von Anfang bis Ende gleichbleibenden Aufmerksamkeit in Empfang genommen, mit der alten Sorgfalt gewogen und in das bißchen Münzgeld eingewechselt.

Handelsherrschaft, Handelsherren: Von Sommer zu Sommer stärker traf das auf die

Einwanderersippe zu. Zwar blieb die Ruine, in der sie hauste, unverändert. Aber aus dem einen Lieferwagen, eher ein angerosteter Traktor mit Anhänger, wurden mehrere, dann nagelneue, und nach drei Jahren sah man die Herrschaften vor der immergleichen Ruine in Autos steigen, die ganz und gar nichts von den Gebrauchtwagen hatten, den üblichen Fahrzeugen, wenn sie überhaupt welche besaßen, der Ortseingesessenen. Freilich kam solcher Reichtum – und es war einer, ein besonderer, insofern er sich sehen ließ, wie noch kein Reichtum in der Gegend (der einzige andere, der des Adels: unsichtbar) – zuletzt von mehr als dem puren, gerade in dem anfänglichen Notunterschlupf so beschwingten Handel: Die Sippe hatte mit den Jahren, alle ihre Mitglieder inbegriffen, sich selber in den Wäldern rundum auf das Sammeln geworfen, wußte inzwischen besser, wo etwas zu holen war, als der eine oder andere Einheimische, der sich vielleicht die Auskunft über Fundstellen, sozusagen gegen eine kleine Rente oder Sterbeversicherung, bezahlen hatte lassen.

Bis in die höchsten Bergwälder hinauf, bis nah der Baumgrenze, mußte er damals, im dritten Sommer seiner ersten, der kindlichen Pilznarrenschaft, darauf gefaßt sein, zwischen den Fichten, dann Lärchen und Zirben, auf einen, nein, nie bloß einen, immer mehrere aus der Sippe zu stoßen, welche ihm schon aus der Ferne mit einem gewissen Lächeln – und hernach aus der Nähe, mit Handfesterem – bedeuteten, daß er an Ort und Stelle gar nichts, keinen Fitz und keinen Butz, keinen Kopf und keinen Kragen, keinen Stumpf und keinen Stiel mehr zu suchen hätte.

Seltsam dabei: das Mitglied der Sammler- und Händlersippe, welches ihm, wie er mir erzählte, als jemand Einzelnes im Gedächtnis geblieben ist, war dasjenige, welches alle die Jahre außerhalb des Getriebes oder auch bloß Kreises geblieben war. Im übrigen kam für es etwas anderes erst gar nicht in Frage: Es war, wie man das seinerzeit nannte, schwachsinnig, oder »geistig zurückgeblieben«; ein schwachsinniges, ein zurückgebliebenes Mädchen. Das ließ sich kaum je sehen, oder es wurde von der Sippe, die sich zum Clan gemausert hatte, mehr und mehr versteckt gehalten. Im Grund behielt er nur einen einzigen Moment mit der Schwachsinnigen in Erinnerung: Seine Lieferung erledigt, dafür das andere Gewicht der Münzen in der Hosentasche, war er in einer Anwandlung von Übermut, auch Neugier, um die allein stehende Halbruine der Sammelstelle gestreunt und stieß dahinter, zwischen einem Stangendurcheinander, das wohl einmal eine Weinlaube gewesen war – die bei seinem Elternhaus stand noch in Blüte –, auf das mit ihm etwa gleichaltrige Mädchen. Mit runden roten Flecken auf den Wangen und mit vorstehenden Augen, die ihm in der Erinnerung ebenfalls rund und rot erschienen, hockte es da auf etwas, was wohl einst ein Melkschemel gewesen war, und grinste, nein, lächelte ihn mit den dikken Lippen an. Hinter die Hausecke getreten und sich unsichtbar gemacht? Aber sie hielt ihn zurück, indem sie ihn ansprach, so selbstredend, als habe sie jemanden, jemanden wie ihn, nein, ihn in Person, die längste Zeit schon erwartet. Und was sie ihm sagte, schien im Widerspruch zu ihren hochroten Wangen und den leuchtenden Augen, und dann, im nachhinein, auch wieder nicht. Das Licht sei zu stark, ihr Kopf halte es nicht mehr aus. Gott wolle sie damit strafen, aber wenn sie bloß wüßte, warum! Sein Licht ramme immerzu gegen ihre Stirn, nur sei ihr Stirnknochen zu dick, Gott dringe da nicht und nicht durch. Ah, wie weh Er ihr täte, welch immerwährender Schmerz, und warum? Und jäh stand sie auf, raffte ihr Kleid, eher den Kittel, und verrichtete vor dem fremden Kind ihre Notdurft, wobei er nichts als ihre überhöhten Schuhschäfte im Blick hatte, die wohl ihre schwachen Beine schienen sollten, dazu den Zipfel einer Wollsocke in dem einen Schuh – der Fuß im zweiten Schuh nackt? nein, die Socke tief in ihn hineingerutscht, bis hinab über die Ferse – was damals »verhungert« hieß –, die Socke war in der Schuhtiefe unten »verhungert«.

Die Schwachsinnige wurde wenig später in ein Pflegeheim weit weg, in einer anderen Gegend, überstellt, der Pilzsammlerclan konnte sich das ja nun leisten, und starb dort nach ein paar Jahren. Zum Begräbnis wurde sie in die Ruine zurück überführt, und er, inzwischen kein Kind und auch kein Pilzsammler mehr – das weiterhin so benötigte Geld verdiente er sich auf andere Weisen –, sah am Ende der Winterferien vom Fenster des Elternhauses aus dem Leichenzug zu. Es hatte tagelang geschneit, aber jetzt war der Schnee in Regen übergegangen, dunkelgraues Licht, von der Schneedecke aufsteigender Dunst; der Sarg, eingehüllt in weißes Tuch, zum Zeichen der Jungfräulichkeit der Toten, und der strömende Regen hob dieses Weiß noch zusätzlich aus dem allgemeinen Düster, verstärkte die Geometrie des Sarges. Es war ihm dann später, als sei dieser besondere Leichenzug nicht allein mit dem Ende der Schulferien zusammengefallen, sondern auch mit einem Abschied für immer, von der Gegend, den Kindheitslandschaften, seinen, so oder so, Angehörigen.

Auf das Geld war mein Freund seinerzeit als Kind deswegen so versessen gewesen, weil er sich, das mußte sein, etwas kaufen wollte. Und die einzige Möglichkeit, zu dem so dringend benötigten »Zahlungsmittel« zu kommen, war eben seinerzeit, unter den Bedingungen, in denen er aufwuchs, das Sammeln, von Waldfrüchten wie Himbeeren und Brombeeren und vor allem von

Pilzen, unter denen die bewußten gelben mit von Land zu Land so verschiedenen Namen – von den Namen insgesamt später in dieser Geschichte – in jener ersten Nachkriegszeit, jedenfalls in seiner Hausgegend, die so ziemlich einzige Handelsware bildeten.

Und was wollte er sich für sein Pilzgeld kaufen? Richtig vermutet: Bücher. Doch das waren im Fall des Nachbarjungen andere als die von mir begehrten. So wie für mich allein das Erzählte, das Erfundene, das Zusammenphantasierte, die Literatur eben, in Frage kam, so für ihn einzig etwas, das auch er zwar »Literatur« nannte, worunter er aber die Bücher, oder eher gleichwie Gedrucktes, verstand, das seiner weltumspannenden Wißbegierde auf die Sprünge half; seinen unbändigen Wissensdurst (mir sein Hauptmerkmal aus unsrer Kinderzeit: der ausgetrocknete und immer neu austrocknende Mund vor lauter Fragen, Fragen um

Fragen) stillte. Und so ging er mit seinem ersten Pilzgeld, und nicht bloß dem ersten, zu Fuß an der zu jener Zeit noch spärlich befahrenen Überlandstraße halbtaglang in die Stadt und kehrte zurück, den Rucksack, der noch nach den Pilzen roch (und stank), voll von Broschüren, welche, nach dem Titelthema, hätten heißen können: »...: Was Sie schon immer wissen wollten / Die hundertdreiundneunzig endgültigen Antworten.«

Dieses sein erstes Pilznarrentum wäre wahrscheinlich im Lauf der Geschehnisse von selber abgeklungen. Es war dann aber, so erzählte er mir, ausgerechnet ein Alptraum, welcher seiner, da noch eher harmlosen, Besessenheit ein plötzliches Ende setzte. Einmal hatte er es geschafft, tief oben in den Bergwäldern auf eine Stelle zu stoßen, die, so schien es, noch niemals zuvor von einem Pilzsucher ausfindig gemacht worden war – geschweige denn geplündert und verwüstet von den einheimischen Altenschaften oder gar dem sonst in die entlegensten Waldzipfel ausschwärmenden zugewanderten Clan. Jene Stelle erwies sich dann nicht bloß als eine Stelle, vielmehr als ein ganzes Land, in seiner Vorstellung, indem das Pilzland über Stunden und Stunden sich dehnte und unerschöpflich wurde, als ein Kontinent. Wo er auch hinschaute, hinging, hinlief, hinstürzte, abzweigte, Haken schlug, Bäche, Totholz, kleine Schluchten übersprang: Gelb, Gelb und wieder Gelb. Wie er auch sammelte, mit der Zeit eher beidhändig, links, rechts, links, pflückte, erntete, einholte: die Gelben im Bergmoos, die »Füchslein«, wie die Clanleute das aus ihrem Slawischen übersetzten, die »Reherl«, die »Finferli«, die »setas de San Juan« (erst viel später ihm geläufige Namen) wurden nicht und nicht weniger, das »Gelben« – »solch ein Wort wäre, wie ›Blauen‹, ›Grünen‹ und ›Grauen‹, da am Platz gewesen!« erzählte er mir lange danach –, das »Gelben« hörte nimmermehr auf. Ob von daher sein späterer Blick für alles Andersfarbige, das Andersrote, das Andersgraue, das Andersgelbe kam?

Was aber tagsüber, zumindest zeitweise, noch fassungsloses Staunen, ja Entzücken gewesen war, das verwandelte sich in der folgenden Nacht, die mein Pilznarr notgedrungen in einer leerstehenden Almhütte zubrachte, in etwas anderes. Das Ansichtigwerden der Pilze des heiligen Johannes ging im Schlaf des jungen Menschen weiter. Nachtlang träumte er, träumte ihm, wie er im tiefsten Bergunterholz hockte und dort von einer Hocke in die andere mehr taumelte als hüpfte, wieder so einem Gelbeinsprengsel nach, und so weiter, und so weiter, nachtlang. Ein Schwarz vor den Augen war nichts, war etwas Harmloses im Vergleich zu diesem myriadenfachen, von einem wie ins Unendliche sich hinziehenden, nein, sich verzerrenden Gelb, Gelb und wieder Gelb vor den Träumeraugen. Und noch einmal nein: das unaufhörliche, nicht von dem Schlafenden ablassende Gelb hatte er nicht »vor« Augen – es sprang diese immerzu an, stahl sich in sie hinein, irrlichterte so wie unter seinen pausenlos zum Einsammeln gezwungenen Händen gleichzeitig in seinem Innersten, bis das vor lauter gelbem Gekringel, Gekräusel und Gezüngel buchstäblich weder ein noch aus wußte: Jetzt und jetzt würde er erstickt werden von dem Gelb mal Gelb mal Gelb; jetzt und jetzt würde dieses potenzierte Gelb, gelb hoch drei, hoch vier, hoch fünf und so fort, ihm das Herz in der Brust zum Zerplatzen bringen – oder von all dem Giftgelbangriff würde das Herzblut vertrocknen-vergilben.

Es war vielleicht nicht allein solcher Alptraum, welcher ihn von seinem ersten, dem jugendlichen, Pilznarrentum abbrachte. Jedoch trug der Traum, dessen war er sich gewiß, mehr als sonst was – etwa die auswärtigen Schulen, fern in den Städten, die ersten

Liebschaften, das Erleben anderer Freundschaften als der mit dem Kind des Nachbarn –, entscheidend dazu bei, die Welt der Pilze sein zu lassen, oder zumindest hinter die Horizonte, hinter die sieben Berge zu rücken, wo wir beide herstammten, zumal er sich von dem Pilzgeld längst all das hatte kaufen können, was sein, damals noch ganz bescheidenes Herz begehrte.

Das hieß freilich nicht, daß er es in Hinkunft vermied, ob in der heimischen Gegend oder sonstwo, in die Wälder zu gehen. Diese waren, aufgrund seiner Sammlerstreifzüge, eins seiner Elemente geworden, wenn auch anders als vorher die Säume, Ränder und die Lichtungen. Immer noch sammelte und heimste er dabei Pilze ein, aber ohne eigens ein Ausschauhalten oder gar Suchen – einzig, wenn sie ihm mir nichts dir nichts so unterkamen. Und immer noch waren es fast nur die Pilze des St. Johann, Alp hin, Alp her. Selbst wenn sich dann so viele fanden, daß sie in ihrer Schwere an die Waage im türlosen Eingang der Sammelstelle erinnerten, dachte er keinmal mehr an ein Verkaufen. Nicht daß er kein Geld mehr nötig hatte – das fehlte ihm auch nach der Kindheit noch Jahr um Jahr –: Es widerstrebte ihm inzwischen, zu Geld zu kommen durch so etwas wie »Handel«, jedenfalls einen solchen; Geld sollte ihm »hereinkommen« durch edlere Tätigkeiten – was auch immer die wären.

So überließ er die jeweils so zufälligen wie beiläufigen Wälderfunde anderen, zuhause in der Regel der Mutter. Diese spielte dann, meistens, und wenn er nicht gar zu viele daherbrachte, Freude wie über einen Schatz, obwohl das auch in ihren, wie in seinen, Augen längst keine Schätze mehr waren, indem sie kein Handelsgut darstellten, nicht einmal für einen Tauschhandel. Gespielte Freude weiter bei der Mutter, sooft sie die gelbe Brut, so oder so, auf der »Sparherd«-

Platte zubereitete, zumal weder sie noch ihr Nachkomme den Geruch dabei schätzten und, vor allem, beim Essen keinen rechten Geschmack daran fanden. (Beim Sohn sollte sich das im Laufe der Zeiten ändern.)

Etwas anderes war es höchstens in dem Fall, daß er, wie manchmal im Herbst, vor seiner Rückkehr in die Studienstädte, von den Waldrändern, die ihm weiterhin, wie in der Kindheit, ans Herz gewachsen waren, als seine »Quellen- und Schwellenorte«, mit jenen Riesenpilzen, oft übertellergroßer Hut auf hohem, gebrechlichem Fuß, daherkam, welche, wie denn auch sonst, »Schirmpilze« oder »Parasole« hießen: Da spielte die Mutter die Freude nicht mehr, bestaunte die Gestalten, weil sie so viel seltener, einmaliger und vielleicht auch deshalb schöner aussahen, und setzte die Hüte, paniert und in der Pfanne gebraten wie, oder als, Schnitzel, dem Sohn und überhaupt der ganzen Familie zu deren ausnahmsweise einmal ungeteilten Vergnügen vor. Und wehe, es sprach einer im Haus von diesen unvergleichlich zarten, gar nicht einen Pilz in den Sinn und in die Sinne kommenlassenden, alles Spezielle oder irgendwie Eigentümliche übersteigenden Köstlichkeiten, himmelhoch der Geschmack über einem noch so weich-und-mürbe geklopften Schnitzel – wehe, einer nähme dafür das zählebige (bis zum heutigen Tag nicht verblichene) Kriegswort »Fleischersatz« in den Mund, wo es doch rein von dem Parasol munden sollte. Und es mundete jedesmal, ausnahmsweise quer durch die für einmal einträchtig versammelte Familie, quer durch das Haus bis hinein in den leergewordenen Herrgottswinkel und zu den vergrößerten Photographien der Kriegstoten, es mundete und mundet und wird gemundet haben, selbst dem damals noch überheiklen Sohn, welchem außerdem, wie Jahrzehnte danach, längst jemand anders als ein Sohn, widerstrebt hat und widerstrebt, von dem zu nehmen, was er selber gesammelt und heimgebracht hat.

So hat er es mir jedenfalls erzählt, und zwar zu wiederholten Malen. Im übrigen habe er einmal später seinem eigenen Kind solch einen nach dem Rezept seiner Mutter panierten Parasol vorgesetzt als Schnitzel, als »Escalope«. Nur habe sich der Gaumen des Kindes nicht täuschen lassen, schon der erste Bissen sei vom Ausruf »Schwindel!« begleitet gewesen, was nicht hieß, daß das Kind zu kauen aufhörte, im Gegenteil.

Es folgte auf seine erste Pilznarrenzeit ein halbes Leben, wo ihm die Welt der Pilze kaum mehr etwas bedeutete. Und wenn, dann im eher unguten Sinn: Nach dem Erwerben eines Hauses – das, sonderbar genug, allein stand, weit weg von den übrigen Häusern seines städtischen Wohnorts, und beim Einzug eine halbe Ruine – breitete sich in einer der Grundmauern, kaum hatte er sich, samt Frau und Kind, dort wohnlich eingerichtet, der sogenannte Hausschwamm aus, und gegen den, der sich durch Holz und Mörtel fraß und sogar die Granitsteine aus der Wand brach, war nichts auszurichten – die Mauer mußte abgerissen werden (was dem Hausinnern im übrigen gar nicht so übel bekam).

Mit dem halbverfallenen Haus war er auch Besitzer eines verwilderten Gartens geworden, in dem, selbst nach Roden, Ausreißen, Umgraben, jahraus und jahrein, und ein jedesmal an einer grundanderen Stelle als im Vorjahr, die sogenannten Stinkmorcheln aufschossen, von denen dann ein Gestank durch Garten und ins Haus, in dessen entlegenste, eben noch vielleicht wie von Liebe und Geheimnis verzauberte Winkel puffte, ein Gestank, von dem der Name des Pilzes nicht einmal annähernd einen Begriff gab. Ja, als ein Zauberbrecher wirkte dieses Gewächs, welches gerade noch kaum sichtbar zwischen altem Laub, in der Form eines schneeweißen Eis, übrigens wohlriechend trotz seiner Weichheit, meerrettichhaft unter einem Busch gelegen hatte und von einem Moment zum nächsten, wie in einem natürlichen Zeitraffer, zur Stinkmorchel aufschoß, ein Stiel wie aus Styropor, »was ja noch anging«, erzählte er mir, »aber dann der Kopf: unvermeidlich das Bild eines menschlichen Peniskopfes, freilich eines im ersten Augenblick an der Luft, außerhalb des Eis, auf der Stelle verwesten, gallertig verfließenden, und dieser zum Himmel, einem Himmel, der gerade noch in meinem, in unserem, Haus so geschaltet wie gewaltet hat, stinkende verfließende vertropfende Pilzkopf ist, fast zugleich schon mit seinem Hervorbrechen aus dem Grund-Ei, überwimmelt von einem wie aus dem Nichts dahergebrausten Fliegenschwarm, welcher sich so heftig über die Gallertmasse hermacht, daß der so brüchige Styroporstiel einknickt und der Kopf samt dem

Fliegenpelzbesatz zu Boden schlägt, was die Fliegen bei ihrem Aasfraß keine Sekunde stört und den Aasgeruch um keine Nuance mindert; der Anblick der Schmeißfliegen den zauberbrecherischen Gestank noch verstärkend? Nein, stärker war nicht möglich.«

Es gab in jenen Jahrzehnten seines Lebens weitere ungute Zwischenfälle mit Pilzen. Aber davon schwieg mein ehemaliger Dorffreund oder überließ es mir, daß ich mir dies und jenes dazu ausdächte. Außerdem: Selbst das, was er erzählte, auch wenn er dabei weit ausholte und, mehr im Spiel als im Ernst, dramatisierte, waren Episoden, die, wie zu der Zeit die Pilze insgesamt, kaum etwas bedeuteten. Unliebsame Episoden überhaupt, abgesehen von den erwähnten, setzten ihm vielleicht kurz zu, aber sie hatten nichts zu besagen; er betrachtete sie nicht als Teil seines Lebens, nicht als Kapitel, nicht einmal als kleine, nicht einmal als Klammersätze in der Geschichte seines Lebens.

Die Geschichte seines Lebens, zumindest seines halben Lebens, die wurde, nachdem er aus unserer Gegend aufgebrochen war, bestimmt von dem, was einmal »interesseloses Wohlgefallen« genannt worden ist; so dachte er jedenfalls von seinem Leben, so hatte er es sich in den Kopf, und nicht bloß in den Kopf, gesetzt, oder so hatte er sich sein Leben ausersehen, das übertrug sich auch auf andere, und er kam damit weit, in nicht nur einer Hinsicht. Jenes interesselose Wohlgefallen half ihm, die Gewichte gleichmäßig zu verteilen, den Abstand nicht nur zu halten, sondern zu nehmen, als Tat, als Aktivität, und wenn ein Betonen, Hervorheben, Unterscheiden notwendig wurde, auch das zu unternehmen im Gleichmaß – was zusammenwirkte als ein beständiges – nein, nicht Gerechtsein, vielmehr Gerechtwerden. Und Wohlgefallen hieß dabei, daß er auch bei jenen seiner Unternehmungen, Entscheidungen und Eingriffe, bei denen einiges oder alles auf dem Spiel stand, ein heiteres, auf manche (wenige), darunter zwischendurch auch auf mich hier, geradezu höhnisch wirkendes Einverständnis ausstrahlte, eine Harmonie, welche, kam mir in solchen Fällen manchmal vor, sich einbildete, mehr und stärker zu sein als seine höchstpersönliche – sozusagen eine kosmische; worauf er mir, mit jener lächelnden Abgeklärtheit, die mich an ihm während seiner Herr-der-Welt-Zeit momenthaft heiß empörte, erwiderte, solcherart Einverstandensein sei wohl auch Teil unsrer beider Ursprungs- und Abstammgegend, wo das Tragische nie und nimmer, all die Jahrhunderte bis heutzutage hindurch, am Platze gewesen sei. »Das Tragische gibt es nicht für unsereinen. Tragisch? Kommt nicht in Frage. (Gebt, um des Himmels willen, Ruhe mit euren Tragödien.)« Fern, so fern von jedwedem Narrentum glaubte sich mein inzwischen verschollener Freund in jener Lebensperiode, oder nahm und hielt davon Abstand, fern, so fern von gleichwelchen falschen Gewichten.

Nie hatte er im Sinn gehabt, daß aus ihm einmal etwas werde. Schon als Kind war er, gefragt, was er werden wolle, um eine Antwort verlegen gewesen und hatte höchstens mit den Achseln gezuckt oder, eine seiner wie angeborenen Spezialitäten, zwischen Ernst und Spiel dumm dreingeschaut. So wißbegierig er sonst war: Von sich selber in der Zukunft wollte er nichts wissen. Es gab für ihn da nichts zu wissen. Und außerdem war es ihm von klein auf unvorstellbar, daß ihm, jemand wie ihm, jemals etwas wie eine Zukunft winkte. Diese interessierte ihn nicht im besonderen, so wie ihn, nachdem sein erster Wahn verflogen war, nichts mehr besonders, oder gesondert, interessierte.

Auf solche Weise wurde aus meinem Dorffreund, der weiterhin nichts zu werden im Sinn hatte, gleichwohl etwas, wenn auch, wie er mir mehr als bloß einmal zu verstehen gab, bloß für die Außenwelt. »In meinem Innern ist es mit mir nicht weitergegangen als bis an die Waldränder, wo ich als Siebenjähriger hingelaufen bin zum Wind-in-den-Baumkronen-Hören. Vielleicht ist nach außenhin, dem Anschein nach, dies oder jenes andere aus mir geworden, aber nicht mehr. Was sage ich: Nichts sonst ist aus mir geworden!« So oder so: Ohne Vorsatz und Zutun stellte er mit den Jahrzehnten nach außenhin etwas dar. Er wirkte. Er wirkte, in sämtliche denkbaren Welt- und Erdrichtungen, und bewirkte. Was bewirkte? Nach dem, was mir in der Zwischenzeit aus der weiten Welt über ihn zu Ohren kam, zumindest nichts Heilloses, was mir in meinem Vorurteil, alle die im Interesse der Allgemeinheit, wenn nicht der Menschheit, ohne Unterlaß Tätigen wären himmelhoch richtiger am Platz bei irgendwelchen Nichtigkeiten wie Knöpfeannähen, Reisigsammeln oder auch nur Auf-der-faulen-Haut-Liegen, da würden sie wenigstens kein Unheil anrichten, einer gewissen Achtung wohl wert ist.

Sein Wirken und Bewirken erkläre ich mir folgend – auch wenn ich mir bewußt bin, daß solche Erklärung rein meinem nun schon geraume Zeit in Kraft getretenen Dahinphantasieren über meinen lieben Verschollenen entspringt: Seine Wirkung kam aus der an ihm so eigentümlichen Folge von Geistesgegenwart und auf einmal Abwesenheit, völliger Abwesenheit und auf einmal vollkommener Geistesgegenwart, und umgekehrt, und wieder umgekehrt. Gerade noch die Aufmerksamkeit in Person, konnte er von einem Augenblick zum nächsten, plötzlich, jäh, geradezu schlagartig aus seinem Anwesendsein geraten, und statt des Gegenübers wie nur je eines fand sich der andere wie vor einer Attrappe oder einem menschenleeren Gehäuse, an das man stirnseitig klopfen und manchmal auch hämmern wollte mit einem Schrei: »Hallo, ist da jemand?«, und wieder einige Augenblicke später war das Gehäuse nicht allein frisch bewohnt, sondern darüber hinaus der Ort und die Stelle – die Instanz, die sämtlichen äußeren Instanzen sonst übergeordnete – die einem gerecht wurde, oder wenigstens Gerechtigkeit versprach –, was für den Moment oft schon gerade das war, was einem nottat. Daß er seine Arbeit mit der linken Hand machte, schien ihm und nicht nur ihm recht so, eine lange Zeitlang, und ebenso, daß sie wenig von einer Arbeit an sich hatte.

Und weiter klärt mich jetzt die Phantasie auf, daß jener Rhythmus, aus der Anwesenheit in die Abwesenheit und zurück, gründete in dem Wechsel zwischen seiner ursprünglichen Wissensbegierde, mehr einem Begehren, einer Lust, und dem oft überstürzten Davonlaufen von den Büchern und Broschüren, der »Literatur«, in einem Davonrennen auch vom Haus und Dorf, weg von den Leuten, hinaus zu den menschenfernen, wortlosen, nicht zu buchstabierenden, nicht zu entziffernden, nichts und wieder nichts sagenden, allein ihm was vorrauschenden, vorsausenden, vorknisternden, ihm unter die Achseln greifenden Waldsäumen. Dann aber dorthin zurück, wo er hergekommen war, sofort! Seine Existenz ein ständiges Spiel zwischen Wissenslust!, Geselligkeit und Geheimnis – das im übrigen niemand andern anging, und das er sogar mir, seinem einzigen Freund, erst viel später anvertraute. Anders hätte er auch in den späteren Jahren, und das ein halbes Leben lang, bis zum Ausbruch seines auch ihm selber dann zu Bewußtsein kommenden Narrentums, nicht so wirken können.

Er wirkte: das hieß, er verbreitete durch den Gezeitenwechsel von An- und Abwesenheit Vertrauen – außer bei denen, für welche Vertrauen nicht zählte und eine Schwäche war. Es war dabei, als sei er mein Richter und Anwalt in einer Person, stärker freilich mein Anwalt, vor allem, wenn es darauf ankam und er, der Anwalt, gebraucht wurde. Er war in der Tat Anwalt geworden, Strafanwalt, unterwegs bei internationalen Strafgerichten, und vielen war er von Nutzen – gerade, weil das Richtertum bei ihm immer wieder, als eine Art Ordnungsruf, zum Vorschein kam. Viele auch stellten sich ihn als Politiker vor, gleichsam auf der Weltbühne; zum Glück blieb es bei der Vorstellung, welche zudem nicht die seine war – er hatte von seiner Entwicklung keine Vorstellung, konnte, auch als einer, der »etwas geworden war«, nicht und nicht von sich denken, er sei etwas geworden, geschweige denn, wie gesagt, aus ihm könne noch dies und das werden.

Im Lauf der Jahrzehnte wurde mein Dorffreund auf diese Weise zwar kein Reicher, aber, wie man das einmal genannt hat, »gutsituiert«. Von Feinden habe ich nichts gehört, und auch, verwunderlich bei ihm als der allgemeinen Vertrauensperson, nichts von Freundschaften. Dafür kam mir einiges von ihm und Frauen, eher Frauen und ihm, zu Ohren, wieder verwunderlich, da ich ihn mir nie als Frauenmann habe vorstellen können – aber, so sehe ich das wohl, weil ich schon das Kind und dann den eher schmächtigen, wenngleich sportlichen (beim Fußball und dergleichen wieder jener Rhythmus aus Ab- und Anwesenheiten, mit dem er seine Gegner übertölpelte und überspielte) Jüngling kannte. Und ein »Frauenheld« ein Held? Und »Glück haben bei den Frauen«? Glück? In meiner Phantasie lachen wir beide, mein verschollener Freund und ich, im Duett.

Es war in dieser Periode seines, wie sagt man?, gesellschaftlichen Aufstiegs, daß ich ihn allmählich aus den Augen verlor. Er ließ mir weiterhin Lebenszeichen zukommen, welche freilich nie von dem handelten, was über sein Leben in den Zeitungen umlief. Dem bloßen Hörensagen habe ich nie recht vertrauen können, den Zeitungen, weißgottwarum, schon eher, obwohl ich da, als zeitweise selber Betroffener oder auch nur Gemeinter, eigentlich eher ungläubig hätte bleiben sollen: Wenn es dagegen andere als mich betraf, war ich geneigt, dem, was gleichwo gedruckt stand, ziemlich blind zu glauben, zumindest in meinen früheren Jahren, und sogar jetzt noch, wenn auch inzwischen nur noch auf den ersten Blick. Den Zeitungen zufolge sollte ich demnach wissen, daß mein Dorffreund, der nachmalige Weltmann, »immer in italienischen oder französischen Anzügen, in englischen Maßschuhen, mit wechselnden Seidenkrawatten für jede Jahres- und gar Tageszeit«, zum dritten oder vierten Mal verheiratet war und sich gerade von seiner letzten Frau, der Indianerin aus Fort Yukon/Alaska, getrennt hatte – seine Frauen, wurde vermittelt, seien von Mal zu Mal »exotischer« geworden –, während anderswo verlautete, es sei die Frau gewesen, die ihn verlassen habe, wie er, schon von seiner ersten Frau an, der Verlassene gewesen sei: Ob da nicht ein Geheimnis, ein nicht unbedingt schönes, hineinspiele? Und überhaupt: Wie stand es mit Kindern? – über die Jahrzehnte kein einziges.

Etwa zur gleichen Zeit dagegen eins seiner persönlichen Lebenszeichen: Im Augenblick seien die ersten Schneeflocken durch seinen Garten geweht. Beim Laubrechen am Morgen sei wie jedesmal das Rotkehlchen – »immer dasselbe, oder bilde ich mir das nur ein?« – aus dem Gebüsch geschwirrt, »völlig lautlos auf der frischgerechten schwarzen Erde aufsetzend, lautloser als jedes Baumblatt«. Er lese meine Geschichte vom Leben in der Niemandsbucht und finde sich selber darin miterzählt. Und außerdem – »das ist allein für Dich bestimmt, sag es niemandem weiter!« – sei er der Frau begegnet, bei welcher ihm endlich der ersehnte Ruck zuteil geworden sei, das heiße, vor ihr stehend sei es endlich »ernst geworden«, was er sich seit jeher mit einer Frau erträumt hätte, und »ernst geworden«, das solle heißen, er habe sie, die Andere, auf der Stelle »erretten« wollen, »in Sicherheit bringen«, und sich selber mit, auch wenn vielleicht weder sie noch er es nötig hatten, gerettet oder in Sicherheit gebracht zu werden – nicht fürs erste – »noch nicht!« So oder so: Sie seien einander auf halbem Weg begegnet, und das nicht nur »bildlich gesprochen«. Im übrigen stamme die Frau, auch das, wie er es sich seit jeher erträumt habe, »aus unser beider Gegend, lieber Freund«, aus dem Nachbardorf. Und der Gipfel: Sie hätten einst an derselben Haltestelle auf den Bus gewartet, wenn auch zu ziemlich verschiedenen Zeiten – doch was seien »alle die verschiedenen Zeiten gegen die Andere Zeit«?

Er habe sich mit der Nachbardorffrau von einem Tag zum nächsten – »oder wenn Du willst: über Nacht« – zusammengetan, und sie beide erwarteten für den Sommer ein Kind, von dem sie und er schon insgeheim den Namen wüßten, ohne daß dieser ausgesprochen zu werden brauchte. »Ja, mein Freund: Die Frau, sie hat mich heimliche Wege geführt, wie's bei Deinem Wolfram von Eschenbach heißt. Wünsch mir nicht Glück, aber Gutes: daß ich gut sei, immerzu. Bete für mich. Ich brauche das. Ich fühle, ich allein bin zu schwach, gerade jetzt, da es endlich ernst geworden ist. Zu schwach für solch einen Ernst. Ich ahne das, ich befürchte das. Die Frau, sie vertraut mir, und wie. Ich aber vertraue mir nicht. Ich habe Angst vor mir. Ja, bete für mich. Wer betet für mich? So schwach ich mich einerseits fühle, so andrerseits, und das ist es, das mir jetzt in meiner Lage Angst vor mir macht, auserwählt. Ja, seit ich damals Hals über Kopf weg von den Meinen zum Waldrand gerannt bin, zum Alleinsein mit dem Blätterrauschen und Zweigesausen, fühle ich mich als Auserwählter, auch in dem Sinn: Was habe ich mit euch zu schaffen? Und jetzt wieder in der Vorahnung: Weib, was habe ich mit dir zu schaffen?! Ich, seit jeher zu schwach für die Meinen, und zugleich? und deswegen? auserwählt, oder sich das vorgaukelnd, für etwas anderes, ganz anderes – das Andere? Oder umgekehrt der von vornherein Auserwählte, und von daher nicht bestimmt für die Gemeinschaft, gleichwelche. Als ein Auserwählter tabu? Rührt mich nicht an, ich bin tabu für euch!? – Betet für mich!«

War es von da an, daß das Leben meines im Verlauf der Begebenheiten verschollengehenden Freundes ansetzte, sich in eine

Geschichte für sich zu verwandeln? Wenn das so war, dann freilich ohne Jäheit und Schrecken. Was mit ihm geschah, begann sehr sanft, und blieb auch lange so. Es war zunächst, und blieb das auch lange, nichts als Alltäglichkeit, und zwar jene liebe, die ihm, gerade zum Schutz vor seinem Bewußtsein, jemand ganz Besonderer zu sein, als ein Lebensideal vorschwebte, als Alltäglichkeit überdies eine harmlose, und so begütigende: Nichts Friedlicheres als so eine, aber auch – warum aber? – nichts Freudigeres als solche Alltäglichkeiten, wie sie ihm in der Folge begegnen sollten – nichts Kindlicheres. Oder?

Die Geschichte, die eigentliche, die besondere, begann an einem Tag im Sommer, Wochen vor der Geburt seines Kindes. Aus Haus und Garten war er aufgebrochen in die nahen Hügelwälder, durch die der kürzeste Weg, erst sanft hinauf, dann tief hinab, in die Hauptstadt führte. Er hatte dort nichts zu tun, wollte sich nur mit seiner hochschwangeren Frau zum Nachtmahl treffen; er war episodisch von dem Tribunal, wo er wieder einen wegen Kriegsverbrechen Angeklagten verteidigen sollte, freigestellt. Im Bedürfnis, zu gehen statt zu fahren, und zwar, wie um des Ungeborenen willen, weit, hinauf und hinab, hinunter und hinauf, ließ er das Auto in der Garage und ließ auch den Vorortbahnhof Bahnhof sein. Er durchquerte die Hügelwälder, welche eine nicht gar hohe Barriere zur Metropole bildeten, in Anzug, Krawatte und Hut (weder »Borsalino« noch »Stetson«).

Der Weg führte durch Laubwälder. Welch ein Unterschied zu den Fichten-, Tannen- und Kiefernwäldern unser beider Kindheit. Die Wälder im anderen Land waren licht von Kopf bis Fuß, die Bäume, Eichen, Edelkastanien, Buchen und Birken im Abstand, die wechselseitigen Äste und Zweige unverzahnt, fast kein Unterholz, und bei Sonne durchschien die den ganzen Wald, auch wenn der sich weithin dehnte. Der Ausdruck »lichte Weite« bekam derart eine andere Bedeutung. Anfangs hatte ihm solche Helligkeit nicht behagt. So wie es im andern Land den Spruch gab, Weißwein sei »kein Wein«, so dachte er, die Laubwälder seien keine Wälder. Die Düsternis, das Dunkel, die Enge, die Beengung, das Sich nicht bloß Durchfinden, sondern Sich-Durchschlagenmüssen, sie fehlten ihm. Außerdem, bei all ihrer lichten Weite, kamen ihm diese Laubwälder unsauber, nein, eher unrein vor, anders gesagt, er vermißte in ihnen das Gefühl der Reinheit, das er einst in den Nadelwäldern, und gerade in deren Tiefe, bei aller Bangigkeit – Reinheit damit verbunden – erlebt hatte; selbst die vermadeten Pilze und selbst die Skelette, so besonders weiß, der Rehe, Füchse, Hasen, strahlten dort im und auf dem Moos etwas Reines aus. Dazu kam, daß er lange Zeit, bis vielleicht zu jenem Sommertag, die Laubwälder kaum als Orte für sich aufnahm, als Umgebung, als Raum oder Räumlichkeiten, sondern eher als bloße Zwischenbereiche und Durchgangsstation vom Ausgangsort A zum Zielort B – ausgenommen jenes eine Mal, da er zusammen mit seiner späteren Frau unterwegs in wieder eine andere Stadt durch so einen Blätterwald gegangen war und sie ihn unversehens, er wußte nicht mehr, ob am Hemd oder am Gürtel – jedenfalls nicht an der Krawatte und schon gar nicht an den Haaren – weggezogen, fast -gerissen hatte, mit einem Ausdruck im Gesicht, als sei sie es, die ihn retten müßte.

Bisher hatte er beim Durchqueren der besagten Laubwälder auch noch nie eigens zu Boden geschaut. Überhaupt war das seit langem nirgendwo mehr der Fall, ebenso wie er seit langem nicht mehr eigens himmelauf blickte – ausgenommen wieder jenes eine Mal, da ihn sein Beruf in ein Bürgerkriegsland geführt hatte, und da nur in den sternklaren Nächten, wenn die Bomben zielsicher fielen. Beruf oder nicht: Sein Blick ging in seiner Weltmannzeit entschieden geradeaus, jeweils in Augenhöhe.

Das war auch so an dem Sommernachmittag, als er, mit keinem Menschen als Gegenüber, den Hut inzwischen in der Hand, die Laubhügelwälder hinanstieg. Es muß eine steile Wegstelle gewesen sein, wie sonst hätte er das, was ihm da-dort auf dem Waldboden so »unversehens augenfällig« (seine Worte später an mich) wurde, zugleich in Augenhöhe gehabt. Es war das eine Augenhöhe, wie sie ihm noch keinmal untergekommen war. Nichts Geschichtsträchtiges stahl sich dazwischen wie etwa zwischen zwei Staatsmänner, zwischen zwei Künstler; nichts Schicksalhaftes wie, jenseits der Menschheitsgeschichte, manchmal zwischen Mann und Frau (nicht bloß in den Romanen von Georges Simenon); nichts Unbeschreibliches, wie es ihm, dem Strafanwalt, mehr als einmal widerfuhr auf Augenhöhe mit dem Angeklagten – und doch – und doch.

Die Augenhöhe, jetzt, sie war eine beschreibliche. »Ja, da schau her!« Die Sache, das Ding ihm vor Augen, zugleich ihm im Auge, sie, es, war beschreiblich. Aber sie, es selbst hatte keinen Namen, wenigstens keinen, der, im Augenblick, auf es, sie zutraf. Sogar »Ding« oder »Sache«, diese Wörter, sie trafen es nicht. »Nicht lachen!« so mein Freund dann zu mir: »Was mir da jäh – nein, nicht jäh, unversehens – unter die Augen geriet: Ich nahm es, für den Moment, als etwas Namenloses wahr, oder wenn ich einen Namen dafür hatte, dann, in einem stillen Ausruf, in meinem Innern: ›Ein Wesen!‹, mit einem ›Oho!‹ davor, wie oft am Anfang der Sätze in den Romanen von Knut Hamsun: ›Oho, ein Wesen!‹ Und daß ich's nicht vergesse: Noch vor dem stillen Ausruf – jetzt erst, im Erzählen, fällt mir das frisch ein – geschah ein womöglich noch stillerer, und der ging so: ›Jetzt!‹«

Oho! Sieh da!: Es war ihm, als habe er, ohne es zu wissen, auf diesen Augenblick, das Ansichtigwerden, auf diese Begegnung und dieses Zusammentreffen gewartet. Seit wann? Es war eine Zeit, welche sich nicht bemessen ließ: »vor unvordenklichen Zeiten«, und das konnte ebensogut vor seiner Geburt wie seit gestern sein. Übertrieb er da nicht, erst einmal vor sich selber, wie er da, hast du Augen, unversehens vor seinem ersten Steinpilz stand, einem dabei gar nicht besonders großen, freilich so gerade gewachsenen, mit einem leuchtend rotbraunen, von keiner Schnecke oder sonst einem Getier versehrten Hut und dessen reinweißer Unterseite. Wie im Bilderbuch? Mehr, wie entsprungen aus dem Fabelreich? Dieses existierte also, war Teil oder Bestand der Wirklichkeit; entpuppte sich in dem Fabelwesen da als so leibhaftig wie nur sonst etwas; »es in Augenhöhe zu finden«, schrieb er mir viel später, »bedeutete mir mehr, oder jedenfalls anderes, als einen Löwen zwischen den Bäumen sich nähern zu sehen – von klein auf einer meiner Wiederholungsträume –, oder, sagen wir, unvermutet vor einem werweißwohergezauberten Einhorn zu stehen, und etwas Grundanderes als in der Legende dem Jäger und nachmaligen Heiligen, dem im tiefen Wald der Hirsch mit dem Kreuz im Geweih begegnet. Mein Fabelwesen, mein überhaupt erstes und im übrigen bisher auch letztes, hatte so ganz und gar nichts gemein mit einem Legendentier. Es war Teil wie auch Zusatz des hellichten Tages und, statt die Wirklichkeit in Frage zu stellen, ins Zwielicht zu rücken und, wie im Traum vom heranschleichenden Löwen, mir den Boden unter den Füßen wegzuziehen, verstärkte den Boden und in gleichem Maße die Tageshelle; das Fabelgewächs, es erhöhte mir die Tagwirklichkeit, was mir bei der Begegnung mit einem aus der Erde gewachsenen Einhorn nicht vorstellbar ist, und außerdem ist mir bis heute kein leibhaftiges gegenübergestanden: von ihm, beim Anblick des Löwen, Pfeil und Bogen oder was auch als Jäger angelegt auf den Hirsch, hätte mir das Herz wohl schneller geschlagen, so oder so. Aber, glaub mir, vor meinem ersten Steinpilz, mit mehr als dem halben Leben hinter mir, hat es höher geschlagen, so hoch, ob Du mir glaubst oder nicht, wie noch keinmal zuvor!«

Wie das? Aufgewachsen in einer waldreichen Gegend und von Kindesbeinen an, wie man bei uns damals sagte, »in die Pilze gegangen«, auf der Suche nach denen, will heißen, den verkäuflichen, den gelben, in die hintersten und höchstgelegenen Nadelwaldzipfel gerobbt und gekrochen und nie auf den König der Fußvolkscharen gestoßen? Nie. Kein einziges Mal. Oder vielleicht hatte der doch einmal aufgeragt wie der eine jetzt, und dort im angegrauten

Moos, hervorleuchtend aus grauer Fichtenspreu und abgefallenen Nadeln, noch auffälliger als der hier im sonnenbeschienenen, rötlich-braunen Vorjahreslaub? Und gerade als etwas, oder jemand, so Offensichtliches, so Offenbares hatte das Kind ihn seinerzeit ein jedes Mal übersehen? Ja, möglicherweise, oder mit Gewißheit. Aber wie war es dann zu erklären, daß das Kind bei all den anderen Pilzsuchern nie einen, auch nur einen einzigen Steinpilz gesehen hatte, selbst nicht bei dem Waldräuberclan? Vor den Körben und sonstigen Behältern seiner Konkurrenten nichts vor Augen als das ewige Gelb? Oder waren die Meister, die Fabelgestalten, darunter versteckt, niemand sollte sie sehen? Aber wieso hatte er auch vom Flur der Pilzsammelstelle unten im Tal nichts als das wie angeschwemmte Gelb, Kisten um Kisten, im Gedächtnis? Geheime Winkel, lichtlose, wo die entwurzelten Könige purzelten? Bestimmt für welchen Markt? – Nur waren sie ihm auf den

Märkten nirgends aufgefallen, oder es hatte ihn, auch lange danach, kaum zu den Märkten gezogen, es sei denn zu den exotischen Früchten, denen aus Übersee, den »Ultramarinos«.

Als ich vor meinem Freund trotzdem darauf bestand, daß er von dem Erlebnis, als fast Fünfzigjähriger, mit seinem »ersten Steinpilz« gar zu viel hermache, gab er mir zurück: »Und wie war das damals mit Dir, in Deiner Geschichte von der ›Wiederholung‹, wo Du Dich als Jungen aufbrechen läßt aus unserem eingekesselten Tal über die sieben Berge, südwärts, und Du, am Abhang des siebten Berges, dem Meer oder auch bloß dem Karst entgegenstolperst und vor einem Palmwedel dort, oder war es ein Feigenbäumchen, oder höchstwahrscheinlich einfach ein so dahergewehtes Feigenblatt, vom ›Ereignis des ersten Feigenbaums‹ psalmodierst?! Da lobe ich mir meinen ›ersten Steinpilz‹, zumal der ein Ereignis war, welches mein Leben geändert hat!« (Zu der Zeit, da mein Kindheitsfreund mir solche Antwort zukommen ließ, konnte er weder wissen noch ahnen, wohin er mit seinem geänderten Leben sich in der Folge verirren sollte.)

Fürs erste ging er vor dem Pilz, der am Rand des Bergaufwegs, im Gegensatz zu all den anderen Dingen und Gewächsen, auch den hohen Bäumen, unbewegt im Sommerwind stand, in die Hocke, setzte sich dann daneben ins Laub, unbekümmert um seinen Aufzug, an dem ihn sonst jeder Fussel störte. Immer wieder, ohne Vorsatz, schweifte sein Blick von dem Ding weg in den Umkreis, wie davon wegpulsend, gemächlich, im Gleichmaß, in ständig weiteren Kreisen. Was es so, da, dann dort, undsofort, zu sehen gab, das erzählte er sich selber zugleich im Stillen vor. Ein Brombeerstrauch war voll mit rötlichen, noch unreifen Beeren, während im Strauchinnern ein paar schon rundum schwarz, und das hieß, gereift waren, seltsam, gerade die, zu denen die Sommersonne nicht hinreichte, halb im Dunkel. Einer der Zwergfrösche, welche sich am Anfang des Sommers, von beinlosen Kaulquappen umgewandelt in Vierfüßler, von dem kleinen See unten aufgemacht hatten zu Abertausenden in die Hügelwälder als den ihnen bestimmten, wer weiß wie und ob dauerhaften, Lebensraum, wurde, eine Seltenheit, sichtbar und hüpfte, nicht größer als meines Freundes halber Fingernagel, wegauf, zu verwechseln mit einer der kreuz und quer laufenden Bodenspinnen, und von seinem Gehüpfe, so gewichtlos das winzige Tier wirkte, wirbelte jetzt, und jetzt, ein Sandkörnchen auf, »von all den Abertausenden ein Überlebender!« Eine der Wegrandeichen bauchte sich von einer Art Krebsgeschwür, oder war das nicht die Holzskulptur einer hochschwangeren Riesin? Eine Gruppe von Bergradfahrern schob ihre Gestelle hügelauf, und wie er da saß, unwillkürlich vor den Pilz gerückt, den sie auch so übersehen hätten (aber wer weiß?), geschah es zum ersten Mal, daß er von solchen Unbekannten gegrüßt wurde, und das nicht, weil er in Anzug und Krawatte war, und er grüßte zurück – oder hatte das beiderseitige Grüßen sich nicht gleichzeitig ereignet, so selbstverständlich wie nur etwas? Mit dem einen kleinen Schatzfund hat sich in ihm ein »Ich bin da! Ich bin mit da!« oder einfach bloß »Da!« ereignet, wie noch keines je zuvor.

Später streckte er sich sogar neben dem Pilz aus. Wie einst an den Waldrändern wurde er ganz Ohr, freilich ohne jeden Vorsatz: Er kam ins Hören, so wie man ins Gehen kommt, ins Sinnen, ins Denken, oder auch ins Stocken. Das Hämmern und das Motorsägenkreischen, nicht nah, nicht fern, von den sich mehrenden Neubauten um den Vorortsee. Im Himmelblau der ständige leise Schall – ein »leiser Schall«?: ja – der

Passagierflugzeuge, dazu das sporadische Geknatter der Hubschrauber vom und zum nahgelegenen Militärflughafen – »dazu«?: ja. Es konnte den Passagieren dort oben im Luftraum nichts geschehen, nicht jetzt, nicht in dieser Stunde jedenfalls, nicht während dieses Flugs. Und von den Autobahnen und Peripherieschnellstraßen jenseits der Wälder ein noch nie in solchem Gleichmaß gehörtes Brausen, Dröhnen und Röhren, im Gleichmaß damit auch das Hupengellen, sogar die Ambulanz- und Polizeisirenen, und all das mehr oder weniger nahe und ferne Getöse zudem im Gleichmaß mit dem ebenso zum ersten Mal so gehörten Sausen des Sommerwaldlaubs zu seinen Häupten, dem Aneinanderklopfen und -schaben, dem Knarren, Quietschen, gar Pfeifen und Flöten, da, und da, eines oder mehrerer in den Windböen übers Kreuz oder einander in die Quere kommender Äste. Und das Böse, das draußen in der Welt, Ohren auf für die Sirenen und jetzt den Schlußknall!, gleichzeitig passierte und bevorstand, jetzt, und jetzt? Meinetwegen – soll es doch – halb so schlimm. Auch ihm, wie er da lag, konnte im Augenblick nichts geschehen und ebenso nicht seiner Frau, samt dem Kind unter ihrem Herzen. Der Pilz neben ihm war sein, ihrer zwei, ihrer drei Glückspilz.

Mein Freund konnte sich später nicht mehr erinnern, wie er seinen ersten Steinpilz, den *hongo*, den *jurček*, den *vrganj*, den *cèpe*, den *boletus edulis*, endlich gepflückt hatte. War es ein Pflücken gewesen? Ein Ausgraben? Ein Ausreißen? Ein Rupfen? Ein Aus-der-Erde-Drehen? Was er sagen konnte: Er hatte ihn »eingeheimst«, im übrigen ohne Ausschau zu halten, ob im Umkreis vielleicht noch andere, weitere stünden. Und gewiß ist, daß er den Schatz für den Weiterweg hinauf und hinab in die Megapole weder in eine seiner Anzugstaschen zwängte noch in seinem Hut versteckt hat: Er trug ihn offen in der Hand, welche zugleich den Hut festhielt, und bewegte sich so, ohne auch nur einmal die Positur zu wechseln, in den übrigen Nachmittagsstunden, bis in den Abend hinein, auf das mit seiner Frau vereinbarte Ziel zu, vom Stadtrandbus umgestiegen in die U-Bahn, und zuletzt wieder zu Fuß. Und kein Mensch hatte Augen für das, was er neben dem Hut, oder in dessen Krempe, durch das Gedränge balancierte und manövrierte, so als handle es sich um einen besonders heiklen Transport.

Schatz? Schatztransport? In der Tat war ihm während jener Sommerstunden, als seien seine Tagträume von sehr früh, wo er als Schatzsucher einen Schatz fand, einen, mit dessen Hilfe er zugleich zaubern konnte, in Erfüllung gegangen, wenn der Schatz auch ein so anderer war als in seiner Kindervorstellung. Dort, damals, hatte er sich den Schatz, der auf ihn, ja, wartete, »wem sage ich das?«, als etwas Metallisches, Mineralisches, Edelsteinernes, jedenfalls Hartes und Unzerstörbares, etwas Handfestes vorgestellt. Und nun: Der ihm bestimmte Schatz, der Schatz, der ihn – ohne daß ihm das noch im Sinn gewesen war – all die Zeit erwartet hatte, war etwas im ersten Moment durchaus Hartes, anders Handfestes, überdies Elastisches, dann aber weich und weicher Werdendes, etwas spürbar Verderbliches, entfallen die anfängliche Elastizität, auch der ursprünglich so reine Duft – nach »Nüssen«, wie man sagte? –, rein der Duft »Duft« – verpufft nicht nur durch die Stadtluft, und übergehend in Zwiespältigkeit: Etwas derart Vergängliches als höchsteigenen Schatz zu erleben, war das nicht kindisch? Die Antwort meines Freundes, auf der Schwelle zum endgültigen Pilznarrentum, und auch noch Jahre und Jahrzehnte später: »Nein!«

Als er seiner Frau in der Bar, wo sie verabredet waren, den Schatzfund zeigte – selbst ihr war der nicht aufgefallen –, riß die Hochschwangere die Augen auf, freilich vor Schreck. Sie zuckte zusammen, zugleich das Ungeborene in ihr. Er mußte sie überreden, den Pilz in die Hand zu nehmen, der immer noch ansehnlich war, der Pilzhut mit einem Schimmer letzter Feuchtigkeit, das Unterhutfleisch weiß wie gerade erst aus der Erdtiefe ans Licht gestoßen. Sie hielt das Ding weit von sich weg und beäugte es weniger mit Bewunderung als mit einem gewissen Grausen. »Wie häßlich!« sagte sie, und es half auch nichts, daß er sie auf die eine zugleich lichtere Stelle im Rotbraun des Huts aufmerksam machte, in Form des Eichblattes, welches darauf gelegen hatte. Dabei war sie doch vom Land wie er, wie gesagt, eine aus dem Nachbardorf.

Es hatte erst der Barkeeper dazuzustoßen, damit sie anderen Sinnes wurde. Auch der riß beim Ansichtigwerden des Pilzes die Augen auf, er aber vor Staunen, und der Schreck, der mitspielte, war ein freudiger.

Er sei selber an seinem freien Tag in die Wälder aufgebrochen, aber da sei es gar zu windig gewesen, dazu Westwind, und vor allem, wenn der blase, stießen die Pilze nicht aus der Erde. Wie das, ein Barmann, zudem in einer Weltstadt, als Pilzsucher und gar -kenner? Ob denn auch er vom Land komme wie seine zwei Gäste? Ganz und gar nicht, er sei ein Stadtkind, durch und durch, nur seien eben die Pilze, fast alle, zumindest die eßbaren, seine Leidenschaft, seitdem sein Vater ihn einmal, kaum daß er sich damals auf den Füßen halten konnte, mitgenommen hatte, weg von den Stadtplatanen hinaus und hinauf zu den Eichen, Edelkastanien, Buchen und Birken.

Und er nahm den ziemlich gewichtigen Pilz mit einer unvergleichlichen Leichthändigkeit, welche sich meinem Freund einschrieb ins Gedächtnis, zwischen Daumen und kleinen Finger zu sich und schnippelte auch schon mithilfe des Messerchens, mit welchem er sonst Zitronenschalen, Orangenscheibchen oder sonstiges zuschnitt, hauchfeine, oblatenähnliche Stücke von dem Pilz, nicht vom Hut, sondern seitlich vom dickgebauchten Fuß. Und was er da tat, führte er den beiden über die Theke zugleich vor; demonstrierte es: Hört das Geräusch des Fleisches beim Zerteilen, was für ein Laut, fast ein Ton, hört ihr? Und seht, die Tröpfchen, wie sie aus der Schnittstelle dringen, nein, quellen, und, ja, seht doch, perlen, quellen und perlen, farblos, klar, wo habt ihr je Wassertropfen so klar und so hellicht gesehen?

Und schon hatte der Barmann den Teller mit den fast durchsichtigen weißen Rondellen, diese roh, gespickt mit Zahnstochern, dem Paar hinübergereicht, und mein Freund und seine Frau kosteten das Gericht, ohne eine Zutat, kosteten bedenkenlos – die Frau im übrigen als erste – und verzehrten im Lauf der Stunde den ganzen so zubereiteten Pilz, wobei das Essen bis zuletzt ein Kosten blieb. Wie noch nie wurde bei den beiden der Geschmackssinn geweckt. Wie noch nie kam mein Freund auf den Geschmack. Und das hieß: Mithilfe der Speise gut denken und Gutes denken, Gutes fühlen.

Und das Nachtmahl dann? Solch ein Kosten machte Appetit auf etwas anderes, und außerdem hatte die Schwangere ständigen Hunger, wollte in den Tagen vor der Geburt immer weiteressen, von einer Mahlzeit zur andern. Und wie es sich ergab oder fügte, wurden gerade an jenem Spätsommerabend gerade in dem Lokal, wo das Paar saß, Steinpilze für die Küche angeliefert. Warum er mir davon erzählte? Weil sie so vom Gleichen, nur anders zubereitet, in anderer Gestalt, weiteraßen? Unsinn: Es war die Entwertung seines Schatzes, welche ihm mit dem Angelieferten vor Augen geführt wurde. Diese Pilze waren nicht etwa größer oder gar schöner als der seinige, sie waren gesammelt worden in ähnlichen, nur von der Metropole um einiges entfernteren Wäldern. Aber wieviele es waren! Gehäuft in zweckentfremdeten Obst- und Kartoffelkisten wurden sie angeschleppt, so schwer, daß eine jede Kiste jeweils von zwei Männern getragen werden mußte, und all der gesteckt vollen Kisten und Steigen schien vom Eingang bis hinter die Schwingtür zur Restaurantküche kein Ende. Aus der Küche, wo die Pilze gewogen wurden, war eine wie nichtendenwollende ausgerufene Litanei von Zahlen, lange in Kilos, dann übergehend in Zentner, zu hören, jede einzelne Erstaunlichkeit – war ein Pilz nicht so etwas, und sollte er das nicht bleiben? – in eine Maßeinheit übersetzt, zuletzt in ein Mengenmaß, und als die Schwingtür – endlich der ganze Lastwagen, oder waren es zwei? geleert – zu guter Letzt sperrangelweit offenblieb, sah mein Freund von seinem Tisch aus (seine Frau, die aß und aß und schluckte, ohne viel zu kauen, schien von dem Ganzen nichts mitbekommen zu haben) einen Riesenhaufen der Steinpilze auf dem Kachelboden der Küche ausgegossen, weniger aus Unachtsamkeit, sondern weil einer der Hilfsköche mit einem Druckwasserschlauch, nur ein kurzer Strahl jeweils, nur eine oberflächliche Nässe, Erde, Sand, Farn- und Grasreste von ihnen schwemmte. Nicht wenigen waren beim Ausgeleertwerden auf die Kacheln die Hüte oder Köpfe abgebrochen, und fielen auch jetzt unterm Wasserdruck weiterhin ab, und aus dem Abstand hatten in seinen Augen, die noch den seinen, den einen, den einzelnen in sich bewahrten, die dort hingepurzelten Steinpilztausende, die Massen, die Zentner, all die kopflosen Rümpfe, buchstäblich etwas von Steinen, einem Haufen von Steinen, stumpfen, schweren und insbesondere wertlosen, zumindest minderwertigen. Und das sollte ein Schatz sein? Und erst seiner, das Dings, die dürftige Einzahl, sollte ein Schatz gewesen sein?

Die Entzauberung war nicht von Dauer. Sie galt nur für den einen Abend. Schon am folgenden Morgen trat der Zauber neu in Kraft, und zwar gleich im Aufwachen, in den Übergangsmomenten des Halbschlafs. Er wirkte gerade durch die Abwesenheit des einen Zaubergegenstands. »Als Begierde?« fragte ich. »Nein«, hatte mein Freund geantwortet, »als Sehnsucht, oder, wenn Dir das eher entspricht, als Abenteuerlust.« Davon, anders als so oft am Morgen, auf der Stelle munter gemacht, drängte es ihn hinaus ins Freie, hin zu den Wäldern, und nicht bloß an deren Saum. Er hatte ja Zeit, taglang, war er doch von seiner Arbeit im Internationalen Gericht bis auf das Weitere freigestellt.

Die einsetzenden Wehen seiner Frau hinderten ihn freilich am Aufbrechen. Wenig fehlte, und er hätte ihr das übelgenommen, wenn auch bloß einen winzigen Anfangsmoment. Dann aber sein: »Ich bin der Retter!«, was in dem Fall übrigens kaum am

Platz war. Ohne Eile oder Sorge die gemeinsame Fahrt zum reservierten Zimmer in der Klinik, und wenn Frau und Kind dann, durch eine Verkettung widriger Umstände, die hier nichts zur Sache tun, tatsächlich gerettet werden mußten, war nicht er es, der Mann und Vater, der die beiden rettete. Als die Operation unversehens nötig wurde, trieb er sich ahnungslos draußen in den Seitenstraßen herum, ganz Ohr für das Getöse vom nahen Fußballstadion, wo er, je nach Geschrei, so oder so, den Spielstand zu erraten versuchte. Bei der Rückkehr in die Klinik der Schreck, dann die Erleichterung, dann die Freude, und zuletzt wieder ein Schreck, jener im nachhinein, welcher noch lange anhielt.

So ein Schrecken machte vergeßlich, und in der Folge vergaß mein Kindheitsfreund den Pilz, und überhaupt die Pilze. Oder vielleicht vergaß er ihn nicht, aber das Ding wurde unwesentlich – machte in seiner Vorstellung kein Wesen mehr von sich. Frau, Kind, sowie Wiedereintritt in den Anwaltsberuf, welcher ihn, »dank des Kindes«, schrieb er mir, frisch auf die Sprünge brachte, wurden nun »mein ein und alles«. Es blieb zwar nicht aus, daß er mit dem Neugeborenen in die inzwischen herbstlichen Wälder ging – seine Frau mied diese, allergisch gegen Waldluft, die zerstäubenden welken Blätter und die Spinnweben im Gesicht – und dabei Seitenblicke an die Wegränder und in die Baumzwischenräume warf. Aber kein einziges Mal wurde er so fündig, und das war ihm auch recht so, zumindest wenn er, mit nichts als dem Kind im Arm, aus dem Wald wieder heraußen war.

So verging ein Jahr, vergingen zwei Jahre. Die einzige, kleine Nachwirkung des »Schatzfundes« (inzwischen in Anführungszeichen): Der Weg bergauf, an welchem er an jenem Sommernachmittag auf den einzelnen Steinpilz gestoßen war, hieß bei ihm insgeheim »der Vorgeburtsweg« und behielt, nebenbei gesagt, diesen Namen bis zu meines Freundes Verschollengehen.

Es kam in der Folge mehr und mehr dazu, daß sich der Anwalt mit seinen Strafgerichtsakten in die so hausnahen Wälder aufmachte. Er bildete sich ein, daß insbesondere für das Ausarbeiten seiner Verteidigungsplädoyers die, wenn auch bloß unvollkommene Stille dort, im Verein mit dem nahezu beständigen Rauschen des Laubs, dem, Weltstadtnähe hin oder her, trotz allem vordringlichen Geräusch, die möglicherweise entscheidenden Zusätze fruchten ließe, oder auch die anders entscheidenden Pausen, Leerstellen, Abweichungen. Einbildung? Seltsamer Anwalt? Seltsam, vielleicht. Doch was anfangs nur Einbildung war, wurde mit der Zeit Faktum: Seine Plädoyers drangen durch, seine Angeklagten wurden, fast ohne Ausnahme, freigesprochen.

Der Platz, wo er damals saß, auf dem Boden, an eine Buche gelehnt, den Baum mit der besonders glatten Rinde, immer noch in Anzug und Krawatte, den Hut neben sich, war eine freie Stelle, beinah in Kreisform, nicht groß genug für eine regelrechte Lichtung, zu groß, auch zu rund, zu geometrisch für einen bloß zufälligen Zwischenraum. Es war zwar ein Zwischenraum, aber ein wer weiß von wem vor vielen Jahren, von Holzfällern für ihr längst verschwundenes Lager geschaffener?, jedenfalls ein künstlicher. Der befand sich nicht etwa im Waldinnern, sondern gerade ein paar Schritte weg vom Rand, dem eine breite leere Schneise, für eine Gasleitung oder sonst was, vorgelagert war. Und trotzdem saß der Anwalt da immer allein, so als sei das Rund, bei dem er sich eine mittelalterliche Thingstätte vorstellte, einzig für ihn zugänglich und für jeden gleichsam »Betriebsfremden« tabu. Es war auch, als sei es so vorgesehen, daß der Einlaß zu der Stätte versperrt war mit da palisadenhoch aufgeschichteten Reisigbündeln, und der Durchschlupf sei da nicht bloß für ihn, sondern von vornherein ihm allein überhaupt sichtbar.

Wieder ein Sommer, doch diesmal ein Vormittag, mit Sonne (oder auch nicht). Und nach dem Betreten des Thingplätzchens am Fuß der Buche, wo sein Arbeitslager war, wie ihn erwartend eine regelrechte Versammlung der – ja, das wurden und waren sie augenblicklich wieder – Wesen, welche vor Jahr und Tag von ihm nicht bloß vergessen, sondern, so ging ihm jetzt auf, verraten worden waren. »Da seid ihr also wieder!« redete er sie unwillkürlich an. »Da sind wir also wieder.« Sie standen da im vorjährigen Buchenlaub und zwischen den haarigen leeren Schalen der Bucheckern zu Dutzenden, und allesamt fast gleich groß und kerzengerade, und alle auf gleichmäßig schlanken, ungebauchten Beinen, wie, das lernte und predigte der Pilznarr erst später, einzig und allein Steinpilze rund um Buchen Parade stehen können – »wenn sie da überhaupt, selten genug, wachsen und es ihnen gelingt, die bei Buchen besonders stickige und lebensfeindliche Schicht aus Laub und stachligen Eckern – sprechender Name! – zu durchstoßen«.

Es waren ihrer gar viele, und er hörte bald auf, sie zu zählen. Die Menge war dafür nicht der Hauptgrund. Das Zählen überhaupt, angesichts solcher Pracht, kam ihm unangemessen vor. Die Vielzahl an Ort und Stelle war außerdem eine Seltenheit. Nie wieder ist sie ihm später so untergekommen, und sooft er von anderen hörte, sie seien auf Pilze in einer Masse gestoßen, »daß man sie mit einer Sense hätte mähen können«, wußte er, Leute mit derartigen Redensarten hatten mit Pilzen, jedenfalls wie er diese erlebte, nichts zu schaffen.

Wieder seltsam, oder auch nicht: Selbst wenn ihm Pilzsorten, von denen er die Erfahrung gemacht hatte, daß sie wohlschmeckend waren, tatsächlich in Massen begegneten, begriff er sie nicht als »Masse«, so wie er sich auch keinmal als »Pilzfreund« sah; das Wort nahm er nie in den Mund und hörte es mit der Zeit von seinen Mit-Mykologen mit wachsender Geringschätzung. »Mykologen«? Nein, die von ihren Funden in »Kilos« sprachen, die sie »in einer Minute« gesammelt hatten und »eimerweise« aus dem Wald trugen, das waren keine Pilzkenner oder gar -wissenschaftler, so wie er, obwohl er im Verlauf der Begebenheiten zwischendurch mikroskopierte und, ebenfalls nur episodisch, präparierte, kein Mykologe wurde, sondern, wie selbst er es sich von Zeit zu Zeit eingestand, eben ein Pilznarr.

Lange Zeit freilich, mindestens für das auf den Morgen unter der Buche folgende Jahrzehnt, erweiterten Interesse und dann sogar die Leidenschaft für die Pilzwelt, statt ihn einzuschränken, seinen Gesichtskreis; verdunkelten ihn nicht – wie es mir schien –, vielmehr hellten ihn auf. Solcherart Ablenkung tat seinem Kopf, und da seiner Arbeit, jedoch nicht bloß ihr allein, gut. Das erfuhr er schon damals in der Stunde nach dem großen Fund, nachdem er die Dutzende der Steinpilze einen nach dem andern sachte, sachte aus dem Untergrund gedreht – von einem jeden dabei ein (ums Kennen) verschiedener Ton (ja, eindeutig diesmal ein Ton!) – und übereinandergetürmt hatte: Das Studium der Akten, das Notieren, das Kombinieren, das Beweisführen und ebenso das Beweise-in-Frage-Stellen, und insbesondere das Zusammendenken, Schlüsseziehen, zuletzt Schlüssigwerden, sie fielen ihm leichter als sonst, sie flogen ihn momentweise geradezu an. Ein Blick hin zu der rotweißbraunen Pyramide jenseits seiner Schuhspitzen, und er sah in seinem Tun weiter.

Was aus dem neuerlichen Schatzfund am Ende jenes Tages geworden ist – ob er ihn zum Auftischen heimbrachte, ihn zum Trocknen in Scheiben schnitt oder verschenkte –, wußte der Pilznarr mir dann nicht zu sagen. Was galt: Seit jeher hatte er mit etwas Besonderem zur Haustür hereinzukommen gewünscht, schon damals im dörflichen Elternhaus, nur daß dieses Besondere immer ausgeblieben war: Jedesmal war er mit leeren Händen nachhause gekommen. Jetzt endlich stünde er mit einer Besonderheit, mochte die auch allein für ihn eine sein, auf der Schwelle. (Oho, auch das Kind bekäme Augen.) Und was stärker noch zählte: Der eine, der erste Augenblick des Ansichtigwerdens und -gewordenseins. Klar umrissen blieb ihm der im Gedächtnis, während sämtliche anderen Augenblicke jenes Tages längst keine mehr waren.

Und noch etwas hatte er dann, selber davon überrascht, zu erzählen: Eigentlich hatte er vorgehabt, am Abend ins Kino zu gehen, für einen Film, auf welchen er sich schon lange gefreut hatte. Aber in der Folge des so märchenkräftigen Ansichtigwerdens war die Lust auf den Film verschwunden, oder es war ihm, als habe er ihn, da in dem Zwischenraum, bereits gesehen. Zwar sei er hernach trotzdem ins Kino gegangen. Aber das sei, in Anbetracht der Sekunde am Morgen, kein Vergleich gewesen. Lang sei ihm die Zeit im Kino geworden – was nicht heiße, der Film habe ihn gelangweilt –, fast so lang, wie im übrigen seit jeher, seit der Kindheit, vielleicht schon der allerfrühesten, überhaupt das Leben auf Erden. Einmal, kurz nach dem Studium, hatte er taggeträumt, ein Schriftsteller zu werden, wie ich, und dann wirklich einen Roman geschrieben, welchen er »Mein Leben« nannte, und der nur aus ein paar wenigen Sätzen, einem einzigen kurzen Absatz bestand, mit der letzten Zeile: »Die Zeit wurde ihm lang auf der Erde.« Einzig in den Kinos – selbst wenn ein Film ihn langweilte – war ihm die Zeit selten lang geworden. Doch seit jenem Morgen wurde sie das sogar dort in der zuvor so verläßlich pulsierenden Dunkelheit, und danach, mit den sich steigernden Sensationen seines Pilznarrentums, gar ebenso lang wie insgesamt all das pilzferne Erdendasein.

Dahin kam es mit meinem Freund allerdings erst gegen das Ende seiner Geschichte, vor seinem Verschollengehen, und so weit bin ich, sind wir noch lange nicht. Erst einmal heilte ihn seine Leidenschaft von dem, was er »mein Kranken an der Zeit« nannte, und sie heilte ihn nicht bloß zum Schein: Der an ihrer Hand gesundete Zeitsinn übertrug sich für eine Dauer auf das ihm vorher, während nicht und nicht enden wollender Stunden so beschwerliche, für Momente gar völlig verödende alltägliche Leben; diese Leidenschaft machte, daß ihm die Zeit auf Erden nicht mehr lang wurde oder wenn doch zwischendurch einmal, weniger nichtendenwollend. Sie ließ ihm die Zeit nicht etwa rascher vergehen oder kurzweiliger werden – sie machte diese, auch das für eine fühlbare Dauer, fruchten. Mithilfe seiner Leidenschaft, gerade durch deren Besonderheit wurde ihm die Zeit auf dem Planeten Erde kostbar, erschien ihm seine Lebenszeit umgewandelt in Stoff. War er ins Kino gegangen, um den Tag abzukürzen – ah, daß es endlich Nacht wäre! –, konnte ihm bei seinem Ausschauhalten und Stöbern in den Wäldern der Tag nicht lang genug dauern. In den Wäldern gewann er sein Maß. Er war dort, wie erstmals im Leben, »getrost«, so als sei er vorher nicht »bei Trost« gewesen. Und jedesmal erfaßte ihn auf der Schwelle zum Wald eine Unbändigkeit, wie vor einer großen Tat; wie vor einem großen Tag. Und dann das Findig-, das Ansichtigwerden: So anders als jeder Film stillte es das endlose innere Gerede, stillte es die seelenlosen Refrains, stillte es die quälenden falschen Melodien, stillte, und stillte, und stillte, und ließ still und Stille werden.

Besonders stofflich wurde ihm jetzt die Zeit, indem er neu zu lernen begann. Er hatte in Kindheit und Jugend gerne gelernt, dann aber weniger und weniger mit der anfänglichen Lust. Fast war er ab einer bestimmten oder eher unbestimmbaren Schwelle darauf aus, nicht noch mehr zu wissen, als er schon wußte. Und nun lernte er, ohne eigens zu wollen, das Wissen flog ihm, ohne jeden Vorsatz, zu.

Was war das für ein Wissen? Erst einmal das Wissen über die Pilze, das Suchen, die Standorte, das Unterscheiden, das Verwechseln, das Genarrtwerden, und meinetwegen, wenn auch in seinem Fall weniger des Wissens wert, das Zubereiten. – Was gab es denn durch das Pilzesuchen, oder eben das In-die-Pilze-Gehen groß zu wissen? Was zu erfahren? Was zu gewinnen (womit nicht das Geld gemeint sei)? – Abwarten! Die zugehörige Geschichte wird nicht ausbleiben. Und außerdem hatte er mit dem neuen Lernen vordringlich eines im Sinn, das mit dem speziellen über die Pilze Hand in Hand ging.

Obwohl auf dem Land aufgewachsen, wußte er wenig über die Natur, und dieses Wenige war, und da stellte er unter den Landmenschen keine Ausnahme dar, im großen und ganzen allein das, was gebraucht oder aber gefürchtet wurde. Und jetzt, sozusagen als Begleit-Erscheinung seiner späten Pilzleidenschaft, wuchs ihm von Suchgang zu Suchgang, von »Expedition« – wie er das zusehends erlebte – zu Expedition mehr Wissen zu über die Waldbäume, vor allem deren Wurzeln, die Erdschichtungen, auf denen er sich bewegte, Kalke? Mergel? Granite? Schiefer, die Arten der Winde – siehe der Barmann im Stadtzentrum – und Formationen der Wolken, die Planetensphären und die Mondphasen. In der Periode, gegen Ende, seines ausgesprochenen »Kennertums« trat er, zum Beispiel, bei einem Pilzforscherkongreß, wo er, der Staranwalt, der Ehrengast war, auf gegen die vorherrschende Meinung, das Vollmondlicht ziehe die Pilze verstärkt aus dem Erdreich, und plädierte im Gegenzug für den Neumond: In den Nächten ohne Mondlicht, einzig bei Sternenschein aus dem klaren Nachthimmel, dränge es die Pilze, vor allem die Steinpilze, förmlich aus dem Untergrund, und er belegte das mit der und jener »selbst erlebten« Geschichte.

Es war im übrigen auch etwas an ihm, das ihn besonders befähigte zum Ausfindigmachen oder Ansichtigwerden aller gleichsam aus der Reihe tanzenden Erscheinungen, etwas, das einer seiner Lehrer den »kranken Blick« genannt hatte: In der allgemeinen, vielleicht bloß durch die tägliche Gewohnheit so gewordenen Gleichförmigkeit hatte er von klein auf ein Auge gehabt für die widersprüchliche, die andere, die fremde Form, und ebenso sprang ihn auf der Stelle die auffällige, die ausgefallene andere Farbe an, der unzugehörige Farbton, die entgegengesetzte Geometrie, inmitten des gleichförmigen Durcheinanders das klar Gefiederte, das leuchtend Gescheckte, inmitten all des Ungemusterten das Muster.

Er war auch auf den Einwand gefaßt, sein neu dazugewonnenes Wissen sei, im Unterschied zu dem Wissen seiner frühen Jahre, ein unnützes. Überdies war er sich selber im klaren, daß er mit solcherart Dazulernen, einem unwillkürlichen, ihn ohne sein Zutun beschenkenden, Gefahr lief, zu verlernen, was zu wissen für den Erfolg in seinem Beruf ein Muß darstellte. Aber mit der Zeit, der durch sein Suchertum mehr und mehr stofflichen, erfuhr er, daß er nichts von seinem für die Gerichtsarbeit nötigen Wissen verlernte – daß es ihm statt dessen, gleichsam gelüftet vom Naturwissen, deutlicher und vor allem gegliederter denn je vor Augen stand. Zwar, ja doch, verlernte er einiges, aber nichts als das unnötige Beiwerk, und auch das trug bei zum Durchlüften des jeweiligen Rechtsproblems. Und sollte sein Neu-ans-Lernen-Gehen, sollte das gesamte Pilzwesen und was es mit sich brachte, im übrigen ruhig unnütz sein: Er fühlte sich in jenen Jahren, in jenem Jahrzehnt, später nicht nur im Sommer und im Herbst, sondern auch im Winter und im Frühjahr davon bereichert, auch wenn er, anders als seinerzeit von dem Erlös an der Sammelstelle, sich nichts davon kaufen konnte (und das auch nicht wollte).

Er fühlte sich, recht betrachtet, sogar weniger bereichert von seinen Funden als vielmehr von den Begleiterscheinungen; bereichert etwa davon, daß er zu unterscheiden wußte während der Sommer zwischen dem Rauschen der Eichen, zeitweise fast ein Dröhnen, dem der Buchen, eher einem Brausen, und dem der Birken, die selbst in einem starken Wind eher raschelten als rauschten. Es war eine Erfahrung, zu lernen, wie anders im Herbst die Blätter all der verschiedenen Bäume fielen: wie die gezackten Ahornblätter mit Sturzflügen begannen und dann im Gleitflug sacht auf dem Erdboden aufsetzten; wie die Blätter der Edelkastanien, die größten und zugleich dünnsten, in Form von Booten am längsten zum Fallen brauchten – nicht und nicht, obwohl längst frei in den Lüften, fallen wollten, immer wieder, auch im Moment vor der Erdberührung, neu Auftrieb bekamen und noch einmal aufwärts schaukelten-gaukelten; wie das Akazienlaub, in Fächerform, sich, fast alle Fächer auf einmal, vom Ast- und Zweigwerk löste und augenblicks fast als Ganzes zu Boden stürzte, gefolgt von den paar vereinzelten allerletzten Blattfächern, die, statt gemeinsam zu stürzen, jeder für sich weg- und dahinsegelten; wie – aber geht und seht selber!

Es schien ihm ein Gewinn, im Winter an einem kahlen Zweig eine Schlangenhaut zittern zu sehen und an einem Vorfrühlingstag einen noch sehr schrägen Sonnenstrahl auf einer in der Nische einer rotgelben Mergelböschung kauernden Eidechse. Aus den Vogelflügen, solchen und solchen, las er, statt gleichwelcher Zukunft, welche ihm in jenen heiteren Pilzsucherjahren kaum je »die Stirn umwölkte«, nichts als die Gegenwart, die stoffliche Jetztzeit, ab, das Jetzt und Jetzt, verglich die verschiedenen Flugarten, -höhen, -perioden und wußte bei manch einem Flügelgeräusch, von welcher Art Vogel es kam. Ebenso stieß er bei seinen Querwaldeinexpeditionen auf nicht wenige Bunkerreste, auch ganze verborgene Bombentrichtermuster, gefüllt mit Reisig und halbjahrhundertaltem Laub, darin Blechnäpfe und Stahlhelme, anderwärts auf Einschlüsse von Johannis- und Stachelbeeren aus noch viel älterer Vergangenheit – aber selbst da, beim Auf und Ab in den Trichtern, beim Einsammeln der verwilderten, kleingeschrumpften einstigen Zuchtbeeren, wollte er nichts von gleichwelchen Vergangenheiten wissen oder ahnen, sondern lernen allein aus dem Jetzt und Jetzt.

Er war, oder glaubte sich, zu der Zeit noch weit entfernt vom nachmaligen Pilznarren. Mit seiner Leidenschaft, welche in seinen Augen, im Gegensatz zu nicht wenigen Leidenschaften, eine vernünftige war, eine, die ihn bereicherte, bereicherte er auch die andern, und nicht nur die Seinen, auch die Zufälligen, die Dahergeschneiten. Jedenfalls, statt ihn, der seit jeher versucht war, siehe das Sichabsondern an die Ränder, sich vor den Zeitgenossen zu verschließen, öffnete ihn seine Leidenschaft erst einmal für diese. Wie sonst wäre er mit seinen Funden aus den Wäldern getreten wie mit Liebesbeweisen?

Der Zwischenraum, wo er, so sein Wort mit der Zeit, »lagerte« und seine Gerichtsauftritte vorbereitete, wurde zugleich, wieder sein Wort, »simultan«, sein Auslug-Sitz zu seinen Zeitgenossen. Das war beileibe keiner von den Hochsitzen, wie er und ich sie von den heimischen Waldrändern kannten, eher Hochstände, die oft bis in die Wipfel der Saumfichten reichten, für die Jäger und Heger, gegebenenfalls auch für Liebespaare. Und trotzdem, auf ebener Erde in dem Zwischenraum, als seinem höchsteigenen Bereich, wenn nicht Reich, lagernd, war ihm, als säße er erhöht über den Leuten, die im Lauf seiner Arbeitsstunden den Wald bevölkerten.

Das kam daher, daß er sie sah, ohne von ihnen gesehen zu werden. Von ihrer Seite aus schien der Zaun oder die Mauer aus Dornreisig, aufgetürmt wie zu einer Palisade, welche seinen Zwischenraum von der Außenwelt trennte, undurchsichtig, obwohl der Weg nah dran vorbeiführte, während er drinnen, mit seinem Sitz in einigem Abstand zu der Schranke, so die von links wie von rechts Auftretenden als Gestalten im Blick hatte, zwar nicht an den Einzelheiten und besonderen Merkmalen, aber an den Umrissen, den auf diese Weise umso bezeichnenderen – den charakteristischen.

Bei ihm hieß dieser Weg, so wie der »Vorgeburtsweg«, wo er vor der Geburt seines Kindes dem ersten leibhaftigen Steinpilz begegnet war, dann der »Völkerwanderungsweg«. Es war ihm zur Regel geworden, daß er, der Anwalt, von dem Arbeitsplatz dort in seinem Zwischenraum immer wieder aufstand und für kurz oder lang –

im Lauf der Zeit länger und länger – sich hin zu den Bäumen im Rücken aufmachte und auf die Suche ging, ihr wißt schon, wonach. Und obwohl er sich dessen nie sicher war, wurde er ein jedes Mal fündig. Ein jedes Mal? Ja, ein jedes Mal. Und jeder Fund bescherte ihm eine Überraschung, ein ungeahntes Ding-Wesen, einen neuen Ort, Farbton, Formakzent, Geruch. Und fast ein jedes Mal witterte er schon im voraus eine neue Fundstelle – ein Wittern, welches hieß: Alle Sinne wurden wach. Und wenn er sich dann doch einmal irrte, phantasierte und zugleich betrachtete er an dem Irrtumsort umso aufgeweckter das Ausgebliebene, das Abwesende, das Fehlende. Aus seiner lebenslänglichen Langeweile wurde so ein lebendiges Verweilen. »Ich langweile mich? Ich? Nichts da!«

An seinen Platz im Zwischenraum zurückgekehrt, flog ihm damals nicht nur das Weitertun von alleine zu. Er nahm darüber hinaus Anteil an den jenseits der Reisigpalisade sich vorbeibewegenden Figuren, wie ihm das bisher im Leben nicht im Entferntesten zugestoßen war. Ja, die Leute da, dahinter, sie stießen ihm zu, und er gestand sich ein, daß all seine episodische Geselligkeit, daß sein immer wieder doch so wirkungsvolles Auftreten in der Gesellschaft nichts war im Vergleich zu seiner seit Anbeginn ihn von den anderen wegjagenden, ihn vereinzelnden, chronischen Menschenscheu.

Damals aber, beherzt von der Arbeit in seinem Zwischenraum, zudem durchlässig gemacht von seinem Findeglück, nahm er, zeitweise, nicht nur teil – er wurde Teil. Immer wieder geschah es ihm, nein, stieß es ihm zu, daß er auf den oder jenen draußen auf dem Weg überging, so wie er einst an den Waldrändern übergegangen war in das Sausen, Brausen und Röhren des Zweig- und Astwerks, übergegangen als Ganzer, mit Haut, Haaren und insbesondere Knochen, in das

Sichwiegen, Sichüberlagern, Sichauseinanderspreizen, Sichneuzusammenfinden der Baumkronen.

Nie bis jetzt war die Menschenscheu von ihm abgefallen. So wie er vorzeiten als Kind bei einem Aufwachen selbst die Mutter in einem so unerreichbaren Abstand zu sich an der Nähmaschine, oder was es war, hatte sitzen sehen, durchzuckt von dem stummen Aufschrei über solch unheilbare Zwei- wie Entzweitheit, so war ihm auch vor seiner Frau, sogar Auge in Auge, Mund an Mund, der Raum zwischen ihm und ihr unüberbrückbar, zum lauten Aufschrei unüberwindbar erschienen – wo doch, in der geltensollenden Wirklichkeit, jedes Stück Raum zwischen ihnen beiden ausgefüllt war –, und hatte, insgeheim nur, aber umso fühlbarer, die Scheu angesichts seines Nachkommen womöglich noch zugenommen: Nie und nimmer würde er, wozu es ihn drängte wie zu nichts sonst, einswerden mit dem dessen genauso bedürftigen Anderen da, dort, auf daß der, die, das Andere endlich verschwinde, im Akt des Teilwerdens, welcher gleichbedeutend wäre mit einem Allerbarmen.

Doch nein: Was er jetzt empfand, im Durchlässigwerden und im Übergehen auf die unversehens nicht mehr wildfremden Gestalten hinter dem Reisigvorhang, das war, indem es, anders als bei den Seinen, so gar nichts zu schaffen hatte mit Liebe, fern, unendlich fern vom Erbarmen. Was er so empfand, war schlicht Verständnis, und in der Folge auch ein umfassenderes Gerechtwerden als das »bis dato« eher bloß berufsmäßig ausgeübte, und, in seltenen Fällen, ein Innewerden, ein jähes, weniger erschreckendes als besänftigendes, des jeweiligen Anderen, vor allem seiner Vorgeschichte, Herkunft, seines von weit, weit Dahergekommenseins und weißgottwohin Weiterziehens – deswegen, rückte mein

Freund viel später vor mir heraus, der »Völkerwanderungsweg«. Der da gerade hinter dem Zaun ins Stolpern geraten ist und in einer unverständlichen Sprache geflucht hat, ist vor Jahren aus einem Bürgerkriegsland geflüchtet, und der dort, wie er vor der einen Birke stehenbleibt, gedenkt einer längstverstorbenen Angehörigen, bevor er im Weitergehen laut gähnt, so wie man aber nur gähnt nach einem Erschrecken, und der ihn jetzt kreuzt und ihm ein Bein stellt, dem der andre lässig ausweicht, hat lange davon geträumt, ein Heiliger zu werden, einer, vor dem alle Entgegenkommenden, zumindest die in seiner Herkunftsgegend, einen ehrerbietigen Bogen beschreiben.

Zuweilen vibrierte es in ihm von dieser Völkerwanderung, und dem einstmals Menschen- oder Kopfscheuen wurde, von all in ihm Weiterwandernden der Kopf schwer, schön schwer. Sooft er dann nach getanem Werk – beides, das Sitzen am Vorzeichnen seiner Verteidiger-Plädoyers und das Suchengehen, welches den Plädoyers die Akzente gab, erschien ihm als ein Am-Werk-Sein – seinen Zwischenraum verließ und auf dem Völkerwanderungsweg sich heimwärts bewegte in meist dunklem Anzug und heller Seidenkrawatte, in der einen Hand die Aktenmappe, in der andern, anfangs umwickelt von einer Zeitung, später mehr und mehr offen, seine zwei, drei so kargen wie auffälligen Fundsachen, sah er sich Teil oder Mitglied der Menge auf der Weltbühne werden wie noch keinmal in den Jahrzehnten zuvor, einer der Akteure, deren jeder eine grundverschiedene Rolle verkörperte, welche aber gerade in ihrer Verschiedenheit zum großen Spiel gehörte und dieses weit und weiter auffächerte.

Da, im Kreis hockend oder laufend, die Schulkinder, die ihren Waldtag absolvierten. Da, die Wandergruppe, auch ein paar Junge unter den vielen Alten, die lauthals an einer Wegkreuzung stand und offensichtlich uneins war, wohin es weiterging. Da, jetzt, der eine mit Klimmzügen an dem Trimmgerät, hinter ihm der nächste, wartend, daß das Gerät frei würde. Da jetzt das Paar von Reitern, gleichzeitig vom Trab in den Galopp fallend. Jetzt, da noch vereinzelte stille Läufer, von denen der Wald vorhin, während der Mittagspause, geradezu geschallt hatte. Da die junge Frau, ausgerüstet zum Tagweitwandern, der Wald hier kaum mehr als ein Wegstück für sie. Da die asiatische Familie, eine regelrechte Sippe von Urgroßmutter bis zu den Urenkeln – erinnerte ihn das nicht an jene andere Sippschaft? – beim Edelkastanienaufstöbern. Und da die Polizeipatrouille. Und da, wo der Weg breiter wurde, die Boulespielpensionisten.

Und er im Gleichgewicht mit ihnen allen, Schatzsucher und zugleich Alltagsmensch, Mitmensch, und solch ein Gleichgewicht, war in der Tat, Schatz hin, Schatz her, eine

Kostbarkeit. Der Planet Erde hatte ein halbes Leben lang ihm eher nur mitgespielt: Jetzt – hier spielte er mit ihm, und er? Spielte mit. Spielte mit in dieser Gesellschaft. Die Gesellschaft der verschiedenen, der grundverschiedenen – gerade der –, es gab sie! Und dazu gehörte, daß sein jeweiliges Abseitsgehen und Fremdgehen begleitet wurde von dem Gefühl, zugleich einer Gewißheit, mit solchem Handeln tue er den ihm Anvertrauten, den Seinen, zu denen auch »seine« Angeklagten gehörten, gut und tue überhaupt Gutes.

Und er, der da, mit den Pilzen in der Hand? Eine Zeitlang hatte er sich so noch als jemand Unzugehöriger gefühlt, im Widerspruch zu der Szenerie. Seinesgleichen, Gestalten wie er, die weder auf den Wegen noch den Trampelpfaden, sondern in die Kreuz und in die Quer zwischen den Bäumen und Sträuchern, auch im Kreis, gingen, Schritt für Schritt, auffällig langsam, oder überhaupt nur dastanden oder -hockten, halb verdeckt von Stämmen und Laubwerk, die unversehens aus dem Dickicht traten und vielleicht gleich wieder darin verschwanden, die konnten, gelinde gesagt, nicht Teil des Spiels werden, noch dazu mit den unbekannten, so befremdenden Objekten, die sie vor sich hertrugen oder die sich gar verdächtig in ihren Tragetaschen bauchten. Im besten, will heißen, im harmlosesten Fall waren solche wie er Randfiguren, ohne jeden Bezug zu dem großen Spiel, ja, störten das Spiel sogar, sowie sie sich da und dort auf den Plan verirrten.

Dann aber kam der Augenblick, da er, der Dahinschlingernde, -spiralende, noch dazu in einem so gegensätzlichen Rhythmus zu sämtlichen Akteuren, noch dazu als der in der Einzahl sich durch die Landschaft Bewegende – die Läufer zeigten sich jeweils zu mehreren, und selbst einer allein wirkte als Mehrzahl –, sich als ein Mitakteur sah. Er gehörte ins Spiel. Er ergänzte es, er mischte es auf. Ohne sein Aufhalten, Kreuzen, Tangenten-Ziehen, Aus-dem-Bild-Stolpern in der Rolle des Pilzsammlers würde der Weltbühne, zumindest der des Sommers und Herbstes, etwas fehlen. Einer wie er mit auf dem Plan sorgte für einen anderen Wind. Und in diesem Wind erschien jeder einzelne ihm unter die Augen Kommende an seinem Platz und hatte seine Art, er selber eingeschlossen, und wie noch nie gab das ein Bild der Gesellschaft, der menschlichen, einer idealen.

In diesem Bewußtsein ging er waldaus und weiter durch die bevölkerten Großstadtstraßen und war seine zuvor als eingefleischt oder, von der Dorfseite her, als knechtisch empfundene Menschen- und Kopfscheu wie für allezeit los. Ich, eine Randfigur, vielleicht gar ein Illegaler? Seht her! Und damit meinte er auch, was er mit sich beziehungsweise vor sich hertrug. Und nicht wenige gingen so auf sein Spiel ein; gehorchten ihm, blieben stehen, erzählten, wie auch sie früher einmal … dort, wo sie herstammten … nur daß sie die von damals viel prächtiger in Erinnerung hatten … – Und zu guter Letzt dann am Ende des Tages die Heimkehr des Sammlers, eine ganz andere als die Heimkehr der Jäger.

In jener glücklichen Periode, welche er zugleich als Sphäre erlebte – als eine sphärische Phase –, traf mein Freund, der Pilznarr, auch kaum auf einen Konkurrenten. Die Begegnungen mit anderen Suchern waren selten, und wenn, so hatten die ihre Suchplätze und -gegenden woanders oder suchten zu anderen Zeiten als er. Es kam wohl vor, daß er einen kreuzte, der wie er mit gesenktem Kopf, Schritt um Schritt, innehaltend, bedächtiger nicht möglich, seine langsamen Spiralen quer durch die Wälder zog. Aber, anders als später, wichen sie zwei einander nicht aus und zeigten sogar, wenn es der Fall war, ihre Schätze, ihren Schatz her, und dann beneidete einer den anderen, was, laut einer der nahöstlichen Religionen, »erlaubt« ist, weil man in solchem Beneiden das Gleiche oder Ähnliche für sich selber wünsche, ohne es aber, wie beim nackten, dem unerlaubten Neid, es ihm zu neiden, im Sinne von: es ihm wegzuwünschen. Und auch lange später hielt er sich dann immer wieder vor, was ihm so eine Sammlerin, welche, wie sich beim gegenseitigen Augenschein erwies, im Hinblick auf ihrer beider Funde fast völlig gleich auf gleich mit ihm war an Zahl, Größe, Schönheit, zu Ohren hatte kommen lassen: »Es ist genug für uns alle da, nicht wahr?!« Ja, da war also, oho!, sogar die eine von Gott oder den Göttern zugelassene Art des Beneidens nicht mehr am Platz gewesen. Jene Sucherin war eine alte Frau mit Ballonmütze, die im Regen mit einem dicken Stock im Laub stocherte. Der einzige von den seinen verschiedene Pilz in ihrem Korb war einer, von dem es hieß, daß er durch die Atomreaktorkatastrophe von ihr-wißt-schon-wo am stärksten radioaktiv geworden sei und das auch noch über die Jahrhunderte so bliebe, und als er sie darauf aufmerksam machen zu müssen glaubte, antwortete sie, sie wisse Bescheid, aber mit ihren bald neunzig Jahren wolle sie sich darüber keine Sorgen mehr machen.

Die Leidenschaft erweiterte und vertiefte ihm von Jahreszeit zu Jahreszeit, ja von Tag zu Tag die Kenntnisse, und es schien ihm, nicht Weniges davon ließe sich übertragen von seinem eingeschränkten Gebiet auf andere. Selbst bei Kleinigkeiten fühlte er zunehmend die Aufregung eines Entdekkers und trug sich mit dem Gedanken, in den Prozeßferien ein Pilzbuch zu verfassen, eins, wie es das noch niemals gegeben hatte. Er würde so nicht bloß der Entdecker sein, sondern darüber hinaus ein Pionier; und außerdem, oder nebenbei, stellte mein

Freund es sich vor, wäre solch ein Pilzbuch, von seiner Aufregung befeuert und von seiner Rechtspraxis ebenso gegliedert wie ins Allgemeine zielend, auch aufregend zu lesen, und dazu noch universell. Er versprach sich davon den Erfolg seines Lebens. Wohlhabend, wie gesagt, war er schon so, aber mit seinem Pilzbuch, dem ganz besonderen und zugleich universellen, würde er reich werden, und wißt ihr, von was er träumte? Sich einen Wald zu kaufen, einen großen!

Das Pilzbuch blieb ungeschrieben. Doch er hat mir im Laufe der Zeit ein paar Dinge erzählt, die darin vorkommen sollten. Ich versuche diese hier jetzt weiterzuerzählen, nicht eben aufgeregt, andrerseits auch an keiner Stelle »unaufgeregt« – seltsames zeitgenössisches Lobeswort für jemanden, der erzählt, was er nur tun sollte, wenn sein zu Erzählendes dringlich und er davon durchdrungen ist; erzähle es zudem ungegliedert, denn anders als mein Dorfkindheitsfreund ist aus mir trotz desselben Studiums nie ein zünftiger Jurist geworden.

Wie sein nichtgeschriebenes Pilzbuch mir also regellos durch das Gedächtnis zieht: Sein Talent oder seine Begabung für das Entdecken der von niemandem sonst gesehenen Pilze leitete mein Freund von jener schon erwähnten Eigenheit her, welche er sonst, bis zum Akutwerden der Leidenschaft, als die am stärksten lebensbehindernde erlitten hatte. Und er meinte damit sein ständiges Abgelenktwerden, tagaus, tagein, von dem einen Ding, nein, der einen Form, die unter den Tausenden und Abertausenden Formen in seinem Gesichtsfeld hervorstach, ihm Tag für Tag, Stunde für Stunde buchstäblich ins Auge stach als die eine, die einzige ganz andere. Solchen Sinn für die eine ganz andere, die sämtlichen sonstigen Formen diametral entgegengesetzte Form zu haben, das führte ihm bis dahin seine Unnatur vor, und das traf ihn als Leiden.

Solches Abschweifen hin zu der fremden Form hatte ihn immer wieder zum Stocken und Weder-Weiterwissen-noch-Weiterkönnen gebracht, sowohl in der Arbeit als auch in der, wie sagte man früher, Lebenswelt. In einem »Nu« befiel ihn die Erstarrung, ob angesprungen von dem Abdruck eines zerquetschten Insekts, eines noch so winzigen Kaffee- oder Fettflecks, eines nicht einmal haardünnen Haars auf einer Seite des Internationalen Strafrechtcodes oder dem ungewohnt gebuckelten Schlüsselbein, dem alles andere als runden Nabel, dem einen milchigen Fleck im Auge der Frau, mit der er gerade noch eins geworden war, oder dabei war, es zu werden. Was ihn im Leben und Beruf zeitweise geradezu als eine Kette von Unheil traf – abgeschweift wider Willen vom großen Ganzen hin zur Abwegigkeit (eher Unform als Form), erstarrt, aus der Bahn geworfen wie auf Nimmerwiederkehr, zuletzt das Bewußtsein von Unfähigkeit und ewiger Schuld –, das geriet ihm, meinte er, im Gewahrwerden, im Ausfindigmachen und Aufspüren der Pilze, auch der noch so versteckten und von noch und noch Buschwerk überschatteten, zum Vorteil und, wie er mit zunehmender Leidenschaft, erst einmal nur für sich allein, zu predigen versucht war, fast zum Heil. Zumindest warf ihn das Erscheinen oder Aufscheinen der einen auffälligen Form zwischen den unzähligen nichtauffälligen Formen (um das schon Erwähnte hier zu variieren – und zu nuancieren) auf dem Laubboden der Wälder weder aus der Bahn, noch ließ diese eine Form ihn erstarren: Sie entrückte ihn, und das hieß, sie brachte ihn, statt ihn abzulenken, auf die Sprünge. Nein, in dem Fall der Pilzwelt, so das Thema der Predigt, mit der mein später verschollener Freund – dessen, auch leibliche, Nähe ich freilich seit einigen Tagen hier zu spüren und zu riechen glaube – sein Pilzbuch zu grundieren gedachte, werde die vermeintliche oder auch wirkliche Unnatur des Blicks ins Recht gesetzt.

Sie sei die erste Voraussetzung zum Suchen und Finden, und nicht bloß was die Pilze angehe, sondern zum Suchen und Finden überhaupt; ohne solcherart Unnatur kein Auge des Entdeckers, in dem, mit dem und durch den die Unform zur Form und die Form zum Schatz werde.

Nebenbei hatte mein Freund noch einflechten wollen, daß die eine jeweils bezeichnende und etwas besagende Form unter all den nichtssagenden anderen der durcheinanderliegenden Blätter, der ineinanderverzahnten Farnfächer, der Myriaden der Graslanzetten und Moosespindeln auch seinen kaum entwickelten Farbensinn dauerhaft aufgefrischt hätte, indem nämlich jene, und sei es noch so kleine Einzelform, wie es in einem alten Gedicht von der Rose heißt, ihm jeweils »vorleuchtete«, heute weinrot, morgen amethystblau, übermorgen maus- oder auch tigergrau undsofort.

Sein Pilzbuch sollte kein Führer werden, oder wenn, so einer, den er in erster Linie als Leitfaden für sich selber dachte. Aber mehr und mehr wendete er sich dann in den Notaten, die er mir zukommen ließ, zuerst insgeheim, später offen, zugleich an andere. Anfangs war es ein Erzählen, wie man sich manchmal etwas allein vorerzählt und es sich so klarmacht, in der Folge irrte er ab ins Theoretisieren und, für Momente, beinah ins Agitieren.

Im besonderen erzählte er, wie er sich mit der Zeit angewöhnt habe, jeweils vor dem ernsthaften Beginn seiner Pilzsuche eigens, wenn auch in den fraglichen Wäldern, erst einmal eine Strecke, eine beträchtliche, durch Gegenden zu gehen, wo er sicher sein konnte, daß da nichts von dem wuchs, worauf er es abgesehen hatte, oder daß da überhaupt nichts stand als Bäume und Büsche. Indem er dort ging und stetig zu Boden schaute, wo er zwischen dem Laub einzig Sand und Lehm wußte, schärfte sich sein Blick für die erhofften Erscheinungen, ohne daß der Geher etwas dazu tat, wie er ins Gehen kam, so kam er gerade, wo es nichts eigens zu sehen gab, ins Schauen; erreichte er hernach die Orte, die etwas versprachen, waren seine Augen bereit.

Dabei half ihm dann, daß mein Pilznarr an Ort und Stelle in eine Bewegungsart wechselte, welche er den »Suchschritt« und, mit einem Seitenblick wie auf mich, den »epischen Schritt« nannte, ein Sichbewegen, das immer wieder nah am Stehenbleiben war, und doch, quer durch Baum- und Buschwerk, niemals ins Stocken geriet, vielmehr in einem fort sich gleichmäßig weiterspann; und kam es endlich zum Halt, dann hatte der Suchschritt den Sinn erfüllt; statt still dazustehen sich, anders still, auf seine Weise zu bewegen während der Suche, das fruchtete, wie kaum was sonst.

Er erzählte auch von der Suchschritt-Variante, wobei er rückwärts ging, bedachtsam einen Fuß hinter den anderen setzend. (War das nicht eine Art Fortschritt: Vom einstigen Rückwärtsgehen in Ratlosigkeit zum Rückwärtsgehen aus Vergnügen zum Rückwärtsgehen als Schatzsucher?) Oder er ermahnte sich selber, sooft er lange nur mit gesenktem Kopf kreuz und quer geschritten war, von Zeit zu Zeit gleichwohl innezuhalten und vom Erdboden weg absichtslos baumkronen- und himmelwärts zu schauen, den Kopf im Nacken, und das zumindest für eine Minute: Wie bis ins Detail und in die unscheinbarste Form gezeichnet, danach, bei wieder zu Boden gesenkten Augen, kraft des Himmelsoberlichts ihm der Erdboden erschien!, die Konturen der Dinge, die vorher durcheinandergelegen hatten, von dem Abglanz geradezu elektrifiziert! Und nicht nur einmal war er erst nach solch einem inständigen Aufwärtsblick zu seinen Füßen dessen innegeworden, auf was er seit Stunden, vielleicht auch Tagen und Wochen, aus gewesen war; oder er entdeckte so etwas Grundanderes, etwas, das er gar nicht gesucht hatte, das er weder in Natur noch abgebildet jemals zu Gesicht bekommen, etwas ihm Neues; oder er entdeckte in der Folge solchen Aufblicks auf dem Waldboden weder den gesuchten Pilz, noch eine andere Art, noch einen unbekannten Dritten, entdeckte so überhaupt nichts Neues, sondern gewahrte einzig, nach der Sphäre zu seinen Häupten, die Sphäre vor seinen Schuh- oder Stiefelspitzen: Ja, auch das hieß ihm Sphäre!

Von dergleichen Selbstermahnungen ging mein Freund in seinen Notaten fürs geplante Pilzbuch über zu an sich selber gerichteten Befehlen. So befahl er sich zum Beispiel, sooft er über eine geraume Zeit, Suchschritt hin oder her, Himmelblick hin oder her, nichts, aber auch gar nichts vor Augen bekommen hatte vom Begehrten – er schrieb an einer Stelle sogar vom »Ersehnten«! –, statt dessen etwas anderes, und nicht nur andere, ihm eher wertlose Pilze, sondern Beeren, auch vertrocknete, oder Edelkastanien, auch verfaulte, verschimmelte, verkohlte: »Sammle! Wende dich seitwärts! Bück dich! Stöbere! Wende! Grab um!« Solche Selbstanherrschungen, wie auch im Hinblick auf das Aufsammeln bedeutungsloser anderer Dinge, wobei man dem Boden so viel näher kam und das einen wieder auf die Suchspur brachte, sollten wohl zugleich auch die künftigen Leser seines Pilzbuches zu leiten.

Das verkleidete er eine Zeitlang in eher vorsichtige Empfehlungen. So riet er – »aus langjähriger Erfahrung« (obwohl es damit nicht gar so weit her war) –, entweder nah an den Wegen und Pfaden zu suchen oder entschieden davon entfernt: Die großen Zwischenbereiche zwischen Wegrand und schwer zugänglichem Waldinnern seien in der Regel für »die Unsrigen« – womit er die wertvollen Pilze meinte, am Anfang von ihm noch »die Meinigen« genannt – kein fruchtbarer Boden; die Mehrzahl, ja fast alle seine »Schätze« habe er jeweils nah an den Wegsäumen gefunden; weg von den Säumen in der Regel lange lange nichts; und im tiefsten Innern aber, das selber erst entdeckt werden müsse, im Gestrüpp dort, im Dreck, in der Asche, am finsteren Fuß eines halbtoten Baumkrümels, der Boden übersät von Revolverkugeln, noch so eine Regel, der eine Schatzfund, der einzelne, der allesüberragende: »Hallo, du König!« Einmal entfuhr ihm sogar ein »Salve, Kaiser! Ave, Caesar!«

In einer ähnlichen Absicht erzählte er, wie er es sich zur Regel gemacht habe, auch dort zu suchen, wo schon andere auf die Suche gegangen waren, selbst wenn die, nach offensichtlich gründlich geleisteter Arbeit, das Unterste nach oben gekehrt, den Platz und Plan soeben erst verlassen hatten, gerade dann – und ein jedes Mal fand er sich, »ungelogen«, vor etwas, das seine Vorgänger übersehen hatten, und das »aller Ehren wert war«.

Ebenso empfahl er, was gewisse Arten betraf, nicht genau da zu suchen, wo im Vorjahr eine besonders reiche Fundstelle ausgefächert gewesen war: Es sei wieder so eine Regel, daß solche Völkerschaften übers Jahr, über Winter und Frühling, unterirdisch weiterzögen, dem Wasser nach, den Winden hakenschlagend, und oft zum Staunen weit weg frisch an das Licht und die Luft fächerten; weit weg zwar, jedoch nicht gar zu sehr, von ihrem Ursprungsort aus zu erwittern – der Sucher habe nur, wie ihm jahraus, jahrein geschehen, Witterung aufzunehmen. Und so riet er auch ab, an Waldstellen mit Hundespuren zu suchen, empfahl dafür Pferde, samt deren Mist. Und noch eindringlicher empfahl der Pilznarr

Orte im Wald, wo Kinder gespielt hatten, oder gerade jetzt, vor Augen des Suchers, weiterspielten, wild schreiend und kreuz und quer rennend. Vielversprechende und geradezu verläßliche Fundorte waren, laut seinen Notizen, »kaum zu glauben, aber wahr!«, die in der Nähe von Kinderschaukeln, auch außerhalb der Wälder, in Parks, auf Wiesen, in Gärten.

Ein ganzes Kapitel sollte in seiner Pilzbuchunternehmung den Wäldern mit Bombentrichtern gewidmet werden. Solche Wälder gab es in der Umgebung seines Wohnsitzes nah dem Internationalen Gericht viele; die Bombentrichter rührten vom Ende des Zweiten Weltkriegs, und die Bomber waren amerikanische gewesen, welche so mithalfen, die deutschen Besatzer aus dem Land zu jagen. Die Trichter waren längst leer, keine Spur mehr von den explodierten Bomben, die Wälder, allesamt benachbart dem einst von den Besatzern benutzten Militärflugplatz, gleichsam rhythmisiert von den Trichtern, so dicht auf dicht, daß nicht wenige einander sogar überschnitten. Unterschiedlich groß waren diese Trichter, nicht immer rund, einige auch kraterartig zerlappt, und vor allem hatten sie verschiedene Tiefen, und sie variierten auch je nach Steilheit und Flachabfall der Trichter- und Kraterwände, oft zusätzlich innerhalb eines einzelnen Trichters. Da unten, am Trichterboden, tief unter den jahrzehntealten Laubablagerungen, war er auf die reichsten Fundstellen gestoßen, und es kam vor, daß er die Schichten gar nicht eigens zu durchstöbern und umzuwälzen brauchte: Der Pilz, die Pilze waren von selber an den Tag gekommen, zumindest mit den Hüten, welche, aus den Trichtern aufgewachsen, größer als sonst die Hüte waren, annähernd auch in der Trichterform, mit der Eigenart, daß sie, statt braunrotgelb wie die üblichen, fast farblos erschienen, weißlich oder reinweiß wie nur die tödlichsten der Giftpilze, oder »nein, nicht weiß, vielmehr fahl«, und unter den Hüten der ebenso fahle Stiel, wieder mit der Eigenart, daß er, aus dem Untergrund gebuddelt, lang und immer länger erschien, in der Regel mehr als doppelt so lang wie seine Artgenossen außerhalb der Trichter (»der Geruch und Geschmack allerdings gleich köstlich«).

Aber nicht allein deswegen wollte der Pilznarr ein ganzes Kapitel lang von den Bombentrichterwäldern erzählen: Er hatte auch den Hintergedanken, seinen künftigen Lesern schlicht und einfach das Gehen in derartigen Wäldern zu empfehlen – sie anzustecken mit seiner Lust, sich dort zu bewegen, ab und auf, ab und auf durch die mit weichem tiefen Laub gepolsterte Bombentrichterlandschaft. Sooft er diese, oft Stunden um Stunden, durchquert hatte, war ihm dann, selbst ohne besondere Funde, als komme er beschert aus solch einem Wald, und wenn auch bloß das Atmen freier wurde, der Sinn für Horizonte geweckt. »Durch das Gehen auf und ab in den Bombentrichtern? « – »Ja, gerade so.«

Sein Pilzbuch, es sollte gegen Ende mehr und mehr das Gewicht verlagern, vom Pilzsuchen hin zum Gehen. Zwar wollte er weiterhin, sozusagen zum Ausklang, von seinem In-die-Pilze-Gehen erzählen, aber auch, wie mit den Jahren seine Leidenschaft – nein, nicht etwa schwächer, eher »zweispurig« geworden war. Denn immer häufiger geschah es, daß er, sowie er die Wahl zwischen mehreren Wegen zum In-die-Pilze-Gehen hatte, sich für den ihm schöner oder abenteuerlich dünkenden Weg entschied, mochte der auch weniger oder geringere Fundsachen verheißen. Der Weg und das Gehen hatten mit der Zeit mindestens ebensoviel Gewicht bekommen wie das Suchen und Finden. In unser beider Kindheitsgegend waren insbesondere die Bewohner der höher im Gebirge gelegenen

Dörfer kaum »in die Pilze gegangen«, geschweige denn zu einer Suche nach ihnen aufgebrochen: So nah hausten sie an den Wäldern, und so sommervoll waren die, wenigstens von den Gelben, den Pilzen des Heiligen Johannes, daß sie, kaum aus der Tür getreten, den Korb oder die Schüssel schon voll hatten; statt »suchen« gebrauchten diese Leute das Wort »holen«, »bei uns sucht man nicht – man holt einfach!«

Das aber, in den Augen des Pilznarren, war ungültig. Es hatte gesucht zu werden. Es hatte gegangen zu werden. Es galt, das war als Drittes dazugekommen, einen schönen, den schöneren, den schönsten Weg zu wählen. Und ebenso: Zu mehreren auf die Suche zu gehen, gar als Gruppe, das galt nicht. Einzig das »Alleingehen« war gültig – ungültig sogar das Suchen zu zweit –, einzige Ausnahme: mit einem Kind. Besonders verpönt in seinem geplanten Pilzführer: Suchengehen mithilfe eines Hundes (da fanden in seinen Augen nur Schweine Gnade). – Wie dann aber auf den begehrtesten der Pilze, die Trüffel, in der Erdtiefe stoßen, oder gestoßen werden? Wie sie herausschnüffeln? Dazu skizzierte er die Geschichte, wie er selber, allein, eines Sommers unversehens am Fuß der Kinderschaukel vor einer leibhaftigen Trüffel gestanden habe: ein schwarzer Buckel, oberirdisch, in der senkrechten Mittagssonne, seltsam dieser Hundedreck da, aber der duftet von unten herauf, aus fast zwei Metern, duftet wie eine Trüffel, aber das ist ja eine!, den Buckel mit bloßen Händen ausgegraben, jetzt, da, die Kugel, wie ist sie ans Licht gekommen, ah, der Sturzregen letzte Nacht, weggeschwemmt die Erde, die Trüffel, ohne Hund oder Schwein, zutagegebracht, wie schwer sie ist in der Hand, wie die furchige schwarze Kugel duftet und duftet, bis hinein in die folgende Liebesnacht und zu ihr hinaus, aber das war doch keine Eiche, aus deren Wurzelwerk der Knollen hervorgewaschen wurde, auch kein sonstiger pilzbuchgeläufiger mächtiger Baum, nichts als eine schmächtige Robinie, kaum größer als ein bloßer Strauch, eins der Bäumchen, wie sie die Eisenbahnstrecken säumen, und von Wald oder gar Wäldern keine Spur, die Trüffel, sie ist zum Vorschein gekommen zwischen zwei eher kahlen Vorstädten, am Rand, nein, inmitten eines, ja, Kinderspielplatzes.

Mein Freund machte sich dann zwar allsommerlich, nach jedem großen Nachtregen, auf den Weg zu der bewußten Kinderspielplatz-Robinie: Aber keine zweite Trüffel mehr, nimmermehr (und es blieb bei der einen Liebesnacht, welche sein Pilzbuch natürlich verschweigen sollte). Andererseits: Auch das Suchen nach Trüffeln war in seinen Augen etwas, das beim In-die-Pilze-Gehen nicht galt. Überhaupt sind die letzten Notate zu seinem Vorhaben weniger vom Erzählen bestimmt als vom Regel-Aufstellen, so strikten, daß sie ihm mehr zu bedeuten scheinen als bloße Spielregeln, und was ihm vorgeschwebt haben mag, gerät ihm zu einem Katalog von Gesetzen, Vorschriften, Proklamationen, Ideen.

So kam ihm eines Tages, wieder in einem Wald, als er nicht zum ersten Mal Kinder auf Schnitzeljagd zwischen den Bäumen kreuz und quer, bergauf und bergab hetzen sah, »die Idee«, diese jungen Menschen sollten von ihren Lehrern oder Erziehern besser »in die Pilze« geschickt werden. Wo sie jetzt, auf der hektischen Suche nach einem von den Erwachsenen in einen Baumstrunk, einen Strauch, an den Eingang eines verlassenen Fuchsbaus ausgelegten Stück Papier, blind für alles andere, und nicht allein die Pilze, waren, ungewollt entzweibrachen, zertrampelten, zerquetschten, und waldweit, mit roten, gar nicht mehr Kinderköpfen und heraushängenden Zungen, einander zu- und an- und durcheinanderschrien oder, gar nicht mehr mit Kinderstimmen, -brüllten, außer Atem, mit starr hervorgequollenen Augen, da würden sie, auf Pilzsuche, Schritt für Schritt zu gehen lernen, achtsam – nicht nur für das, auf was sie aus waren –, immer wieder atemlos – was etwas anderes war, als außer Atem zu sein –, die Augen würden ihnen, statt hervorzuquellen, groß werden, und ihr gelegentliches Aufschreien hier und dort wäre eines von Kindern wie nur je welchen, selbst bei denen im Stimmbruch.

An seinem eigenen Kind, welches der Pilznarr von Anfang an mitnahm auf seine Expeditionen, hatte er ja erfahren, wie solch ein Unterwegssein ungezwungen »erzieherisch« wirkte, ohne einen speziellen Erzieher im Hintergrund, und, Erziehung hin oder her, außerdem dem Kind, »und nicht nur dem meinigen«, entsprach wie kaum sonst ein Unterwegssein, wozu noch kam, daß »mein Nachfahr« ein besseres Auge für die Dinge zu seinen Füßen hatte, »und nicht nur, weil diese ihm näher waren«. Ja doch: Diese seine Idee galt, und sie sollte gelten. »Das gäbe« – laut den Aufzeichnungen für sein Pilzbuch – »endlich wieder einmal, nach dem Bankrott auch noch der letzten Gesellschaftsideen in unserem lieben Jahrhundert, die Vorstellung, oder meinetwegen bloß die Ahnung, warum eigentlich ›bloß‹?, daß die, daß eine Gesellschaft doch weiterhin Zukunft hat. Es wird einmal. Es wird wieder.«

Es hat überhaupt, den letzten Notaten nach, den Anschein, als habe das Pilzbuch meines Freundes darauf hinauslaufen sollen, die Pilzsucher nicht nur als Modell für eine neu mögliche Gesellschaft zusammenzusehen, sondern sie, darüber hinaus, jeden, Paradox oder nicht, einzeln als die letzten Abenteurer der Menschheit, wenn nicht gar die letzten Menschen auszumalen. Der einzelne Pilzsucher: als Abenteurer zugleich ein letzter wie erster Mensch.

Die Pilze als »das letzte Abenteuer«? Für den Pilznarren sonnenklar, denn er gebrauchte das Wort in der Nachfolge der »Last Frontier«, der »Letzten Grenze« hin zur Wildnis, der Grenze, hinter der zumindest noch ein Zipfel Wildnis zu entdecken war. Diese Grenze gab es längst nicht mehr, weder in Alaska noch sonstwo, schon gar nicht im Himalaya. Das letzte Abenteuer hingegen gab es, noch, wer weiß wie lange noch, auch wenn man von ihm nur den Zipfel eines Zipfels zu fassen bekam.

Die Pilze als »Last wilderness«, die »Letzte Wildnis«? Nach meinem Pilznarren wieder »sonnenklar«: Indem sie nämlich die inzwischen einzigen Gewächse auf Erden waren, welche sich nicht und nicht züchten, nicht und nicht zivilisieren, geschweige denn domestizieren ließen; welche einzig wild wuchsen, unbeeinflußbar von gleichwelchem menschlichen Eingriff.

Die Champignons, die Austernpilze, die Stockschwämmchen, all die japanischen »Takes« undsofort, die konnten doch gezüchtet und gepflanzt werden? Sogar die Trüffeln, wenn auch auf Umwegen, durch Pflanzen bestimmter Bäume? Keine Pilze das? – »Sonnenklar zum dritten«: Das Züchtenkönnen war nicht das Abenteuer, das er meinte; einzig die Wildwüchslinge galten; die gezüchteten »Wiesenchampignons«, Austernpilze, Stockschwämmchen, Samtfußrüblinge, Chinesische Morcheln, Hallimasch waren ein Trompe-l'œil, geklont, und wurden gehandelt unter falschem Namen, nicht bloß grundanders in Farben und Gerüchen, sondern, im Gegensatz zu ihren Namensleihgebern, von Alpha bis Omega wesenlos, »null und nichtig sowohl in der Hand als auch dann im Mund«. Und außerdem: Das Hauptvolk der Pilze, nicht bloß die Hongos, auch die anders köstlichen Täublinge, die Schirmpilze, die Nelkenschwindlinge (alias *Senderuelas* alias *Bergnymphen*), die *Setas de los caballeros*, die Kaiserlinge, die Morcheln, die Ritterlinge des Heiligen Georg, die *Setas de San Juan*, die *Mönchsköpfe*, die Herbst- oder Totentrompeten, die Judas- oder Wolkenohren, die Graublättrigen Schwefelköpfe, die Habichtspilze, die Krausen Glucken, die Eichhasen – sie alle blieben unzüchtbar, und solange diese letzten der Weltgewächse der Zucht widerstünden, »solange wird mein und unser In-die-Pilze-Gehen Teil dieses Widerstands und Abenteuer des Widerstands bleiben!«

Die Zeit des Aufbrechens, Suchens, Findens und Weitersuchens: »Eine Weise von Ewigkeit«. Und auf ihn selber bezogen: Ins Buch des Lebens sah er nicht etwa alle seine beim Tribunal erwirkten Freisprüche eingetragen, sondern einzig seine Expeditionen kreuz und quer durch dir Wälder.

Die Zubereitungsarten sollten in dem Pilznarrenbuch aus dem Spiel bleiben. Erst einmal gehörte das nicht zu seinem Vorhaben, und außerdem setzte er insgeheim darauf, dereinst von den Lesern, so wie zuerst er sie überrascht hätte, im Gegenzug seinerseits mit Ideen und Geschichten aus den Küchen und jenseits der Küchen überrascht zu werden.

Zum Geschmack, auf den er mit den Jahren und Jahrzehnten mehr und mehr gekommen war – im Unterschied zu vielem, dem meisten anderen Eßbaren, an dem er den Geschmack eher verloren hatte –, gab es in seinem Schreibplan kleine Andeutungen, auch sie ausgehend vom Wort »überrascht«: Ein jeder der Tausende und mehr der eßbaren Pilze sei »für eine Überraschung gut«, selbst die in den sonstigen Pilzbüchern als geschmacklich »mittelmäßig« oder gar »wertlos« umlaufenden. »Wild«, wie auch immer, schmecke kein einziger, gerade das

Wilde, in Gestalt, Farbe, Duft, verwandle sich im Mund verläßlich in Sanftes – je wilder nach außenhin, desto sanfter, so die Regel, im Innern, über die Mundhöhle hinaus. Alles andere, auch das sogenannt mürbste Fleisch, der frischeste der Fische, selbst Kaviar, gerade der, schmecke, verglichen mit so einem Wildwüchsling, vulgär-ordinär. Einzig seltene Wildpflanzen kämen an solch einen Geschmack heran, in dem aber noch etwas Zusätzliches wirke, eine Zusatzkraft über alles bloß Pflanzliche hinaus – man müsse sich nur darauf einlassen (und dürfe, solle, sich nicht vorher den Gaumen mit was anderem verderben). »Sich einlassen – und das Munden verlangsamt das Essen zum Speisen, das Speisen zum Kosten, und das Munden, Speisen, Kosten gehen über ins Beherzen und Beseelen wie, ach, gar zu selten, das Essen, das Mahlzeiten, und kraft all dessen zusammen zu guter Letzt das Herabsinken und zugleich, herrje!, seltener als selten, Pulsen der Ruhe, gepaart mit dem, weh, nur zu den heiligen Zeiten, Aufsteigen des Gottnächsten in dir und mir, lieber Leser: des bestirnten Himmels der Phantasie! Sag ehrlich: In welchem Ein-, Zwei-, Drei-Stern-Restaurant ist dir das je zugestoßen? Und ist es nicht seltsam, wie eine Nahrung aus dem tiefsten Erdreich den Kopf himmelwärts heben kann?«

Ob mein Pilznarr mit einem derartigen Pilzbuch tatsächlich reich geworden wäre? Wie auch immer: Es ist nichts daraus geworden. In den Anfangsjahren – und die dauerten lange, indem er immer wieder neu anfing, Neues entdeckte – trug seine Leidenschaft bei zum Erfolg in seinem Beruf. Zwar fühlte er sich jedesmal seltsam reich vor etwas bislang Unbekanntem. Aber zu Reichtümern kam er so nicht. Und immerhin konnte er sich einen Wunschtraum erfüllen. Und so kaufte er sich, weit weg von der Metropole, wo das Land noch Land war, einen Wald, einen kleinen, der eine

Art Insel bildete in einer unermeßlichen Acker- und Weidegegend, kein Gedanke ans Meer. Einmal auf einer seiner Expeditionen war er in das Waldstück eingedrungen, durch eine dichte Naturhecke, und überall hatten ihm vom Boden rotgelbe Fackeln entgegengezüngelt, die Pilze, die in unser beider Kindheit zwischen den Fichten neben der Kuhweide wuchsen und sprechend »Bärentatzen« gerufen wurden. Und dann? Sein Wald im anderen Land hier wurde von einem so schönen wie bösartigen Pilzvolk befallen, eben dem »Hallimasch«, welcher nicht nur die Bärentatzen auffraß, sondern, in Jahresfrist, den ganzen Baumbestand.

Abgesehen von diesem Verlust, war er, ganz allmählich, dazu übergegangen, vor seinen Pilzfunden, die sich mehrten an Zahl wie an Arten, das Wort »Wirtschaft« zu gebrauchen: »Hallo, Wirtschaft!« – »Und schon wieder eine Wirtschaft!« – »Wie sie heute floriert, meine Wirtschaft!« Es blieb nicht bloß bei dem unwillkürlichen Wort. Die Vorstellung, daß solche Funde, in solchen Mengen, von sich aus nach Verkauf, Handel, Markt riefen, erschien ihm so naturgemäß wie nur sonst etwas, wie seine Plädoyers, und jedenfalls naturgemäßer als mein Bücherschreiben. Das lag auch daran, daß mein einstiger Dorffreund von Mal zu Mal seiner Schätze allein nicht mehr Herr wurde. Es waren so viele, daß der eigene Verzehr sie kaum ums Kennen minderte, und Frau und Kind, eine Zeitlang guten Willens, kamen als Abnehmer nicht in Frage, auch nicht irgendwelche Nachbarn, obwohl er sich gerade sie als seine Kunden dachte – das hätte, so sein Gedanke, als Tauschhandel, eine Nachbarschaft ergeben, wie sie ihm vom Dorf damals her weiter vorschwebte, die aber in Wirklichkeit nirgends mehr bestand, und schon gar nicht in den Randstädten. Und seine Reichtümer auf den Markt tragen, die Wochen-, die Sonntagsmärkte? Allen Ernstes hatte er das vor, es drängte ihn geradezu, samt italienischen, balkanischen, afghanischen Anzügen, in jeder Hand einen schweren überquellenden Korb, sich dahin auf den Weg zu machen, als Anbieter, als Verkäufer, zumal seine Waren so unvergleichlich frischer und appetitlicher wirken mußten als sämtliches mattes, zerzaustes, von Fliegen umschwirrtes Zeug, in luftlosen Containern oder sonstwie herbeigekarrt aus fernen Provinzen und noch ferneren Ländern, gar Erdteilen.

Nur waren viele, die meisten seiner Köstlichkeiten vor einem Jahrhundert noch Marktgüter gewesen, so selbstverständliche wie begehrte – aber heutzutage längst nicht mehr, und wenn, in den Zuchtformen: zu der Urform, der von fast aller Welt vergessenen, wären höchstens die Bemerkungen zu erwarten, mit denen üblicherweise von Pilzen die Rede ist. Mit den allerfeinsten Früchten der Erde – gerade von denen – war heutigentags, in der sogenannten »Gegenwart«, kein Markt mehr zu machen: »Degenerierte Kundschaft«, so sein Anwaltsjargon, »degenerierter Markt!«

Außerdem ging ihm auf: Er war nicht zum Händler geschaffen, nicht einmal zum Marktversorger oder -lieferanten, ob das von seinem ganz zuinnerst nicht abzutuenden Dorfmenschentum herrührte oder auch nicht. Er war kein Marktschaffer, kein Marktschöpfer, kein Markttyp.

Ein einziges Mal allerdings traute er sich, einen Korb voll Steinpilzen in ein Restaurant, ein italienisches, was sonst, mitzunehmen, wo er mit seiner Frau zu Abend aß, mit dem Hintergedanken, wenn die Augen des abruzzischen oder sardischen Wirts auf diese Prunksammlung fielen, so käme etwas in Gang, das ihm, dem Gast, dem weitbekannten »Starjuristen«, die Rolle eines einfachen Handelsmannes zuteilte, eines Anbieters, eines, der genau das, und vielleicht

Besseres, anzubieten hatte, wonach an Ort und Stelle Nachfrage, eine besondere, herrschte. Und so war es wirklich gekommen, zwar nicht in der Form von Verkauf und Kauf, aber, umso besser, oder, wieder naturgemäßer, als Tauschgeschäft, mochten die zwei Flaschen abruzzischen oder sardischen Weins das Füllhorn *funghi porcini* auch nicht so recht aufwiegen: Er nicht bloß der Pilznarr, sondern Akteur der Naturalienwirtschaft, jemand aus einer Urzeit, und als seiner Frau dann der eingetauschte Wein zu kosten gegeben wurde, bedachte sie ihn, ihren Mann, mit einem Blick des Mädchens aus dem Nachbardorf, wie er ihn so offen, von so weit her, so langewährend noch keinmal von ihr zu spüren bekommen hatte, und auch danach bis zum heutigen Tag, da ich am sich nähernden Ende meiner Pilznarrengeschichte schreibe, niemals wieder kosten sollte.

Hatte in den Anfangsjahren seine Leidenschaft für die Pilzwelt nicht nur sein Berufsleben, und sonst noch und noch schön Nebensächliches, sondern auch das Zusammensein mit Frau und Kind bereichert (»ihre, meiner Frau Liebe, ist eine Art von Humor«, so einmal er zu mir), so wurde das mit der Zeit anders, ihm selber unmerklich, umso merklicher seiner Frau. Tatsächlich ohne es zu merken, war er dabei, sie über seiner »Leidenschaft« zu vergessen. Die Leidenschaft war in Sucht, in ein Laster umgeschlagen, und seine Frau verlor den Humor. Sie verließ das gemeinsame Haus von einem Tag auf den anderen, und das Kind ging mit ihr. Es war eine Flucht, vor dem Mann wie vor seinen täglich, in Keller und Garage, und später nicht allein dort, anwachsenden und bald in Fäulnis und Verschimmeln übergehenden, ihr im Besonderen zugedachten »Mitbringseln« – Wort, von ihm ausgesprochen als ein Kosewort.

Vergleichbare Fluchten wie jene der Frau, mit den unterschiedlichsten Sujets und Vorzeichen, sind durch die Jahrhunderte schon oft erzählt worden, und das Angedeutete soll hier genügen. Nur eins: Der Pilznarr schien die Flucht seiner geliebten Frau gar nicht wahrzunehmen, und ebensowenig die Abwesenheit seines anders geliebten Kindes. Gleich am Morgen danach benutzte er die freie Stunde vor der Flugreise, mit dem Ziel eines Häftlingsbesuchs in einem fernen Land, rasch noch dazu, in die Wälder zu gehen, wenn auch der Weg, welchen er dabei nahm, freilich viel später, den Namen »Abwesenheitsweg« bekam.

Aber bereits lange vor der Flucht war sein Verhalten, war zuallererst seine Einstellung überhaupt zur Außenwelt, abgesehen davon, daß seine Nächsten ihm nach und nach aus dem Sinn gerieten, eine grundsätzlich, eine prononciert, eine ausdrücklich andere geworden; war umgeschlagen.

Das schrieb mir seine Frau, die sich seine allabendlichen, dann auch -morgendlichen Tiraden zu Gemüte zu führen hatte.

War einmal sein Bild von sich das einer Randfigur gewesen, später aber, bekräftigt vom Erwachen seiner Leidenschaft, das eines dazugehörigen und die anderen ergänzenden, gleichberechtigten Rollenträgers im universellen Lebensspiel, so sah er sich entschieden als der, der schon seinerzeit als die kindliche Randfigur beim Windrauschenhören und Sichanregnen- und Anschneienlassen am Waldrand insgeheim das Szepter geführt hatte. – Wie das, als ein Pilzsucher? – Ja, als ein Pilzsucher, -sammler, -kenner.

Das zeigte sich darin, daß alles Sonstige für ihn mehr und mehr zur Nebensache wurde, ihm eben nichts als »Sonstiges« bedeutete, oder überhaupt aufhörte, zu existieren. Nicht bloß, daß er, ausgenommen die Pilzbücher von Neuseeland über den Hohen Atlas bis zu dem Pracht-Band namens *The Mushrooms of Alaska* – in denen übrigens die Pilze identisch waren –, das Lesen aufgab, daß er auch nicht mehr, weder zu zweit noch allein, ins Kino wollte, daß er keinerlei Reise mehr unternahm, weder allein noch zu dritt: Auch seinen Anwaltsberuf übte er mit der Zeit nicht einmal mehr mit der linken Hand aus.

Das war ihm gar nicht so recht bewußt, und er verfolgte keine Absicht damit. Es genügte ihm, am frühen Morgen – immer früher brach er auf in die Wälder – fündig geworden zu sein, und es war ihm, als sei die Tagesarbeit bereits geschafft, erübrigt das Studium der Akten und die vordem so Wort für Wort, Satz für Satz, samt den Pausen und den Absätzen rhythmisierten Plädoyers vor dem Weltgericht. Welt? Die Pilze zu erforschen, das allein hieß für ihn die Welt. Die Gerichtsarbeit, das Verteidigen der Angeklagten dort, dem einmal sein Herz gehört hatte, nahm er, in jedem Sinn, kaum mehr wahr, vergaß die ihm Anvertrauten. In seinen Wäldern – inzwischen seinen »Revieren« – fündig zu werden, gab ihm die Vorstellung, das für seine Angeklagten zu Schaffende sei schon geschafft, ähnlich wie es anderen vielleicht mit dem Musikhören vorgegaukelt wurde, und den Nachtmenschen mit dem zu bestehenden Folgetag. Mit jedem Schatzfund war ihm, er habe den Freispruch schon erwirkt, es sei sein Plädoyer schon in die Welt posaunt.

Es war schlimmer: Er hatte, wieder ihm unbewußt, auch unbeabsichtigt, angefangen, die ihm anvertrauten Gefangenen und Angeklagten zu verachten. Sie, die er vorher fast alle schön gefunden hatte, erschienen ihm von Termin zu Termin unansehnlicher. Kümmerer. Nichtexistenzen. Gebrochene. Gestrandete. Scheintote, ohne Perspektive, ohne Zukunft – ohne Vision! Wogegen er einer mit Vision war! – Wie? Kraft der Pilze, wo er doch gerade die, welche angeblich Visionen hervorriefen, aus seinem Gesichtskreis ausdrücklich ausschloß? – »Kraft seiner Wolkenohren, seiner ›Ninfas‹, seiner Ritter- und Kaiserlinge«, schrieb mir bitterlich seine Frau, die aus dem Nachbardorf. Hatte er zuvor, gerade als der »Fremdgeher« in den Wäldern, mit seinen Mandanten, den Angeklagten »aus aller Sklaven Länder«, gefühlt, so sah er inzwischen auf sie tatsächlich herab als auf Sklaven, denen, als Eingesperrten, nur recht geschah.

Noch schlimmer, oder auch nicht, oder vielleicht anders schlimm, daß seine Verachtung für die ihm anvertrauten Angeklagten allmählich überging auf die Tribunalleute, ohne Unterschied nicht allein auf sämtliche Richter (»die Richter, nicht nur, daß sie immer unbarmherziger werden – sie sind auch dumm, sterbensdumm, und je näher man ihnen kommt, desto dümmer werden sie«), sondern auch die Dolmetscher, die Vertreter der Anklage wie die Vertreter der Verteidigung. Nur sich selbst erachtete er, und zwar jenseits seiner Arbeit, die ihm kaum mehr etwas galt, höher und höher, sah er sich doch als jemand Auserkorener. Zwischen seinen Akten, da eigens hineingepreßt, mehr und mehr Abdrücke von zuletzt tausendundeins Pilzarten, Muster wie von fremden Sonnensystemen.

Es war dabei nicht einmal böse Absicht seinerseits, als er einmal mitten im Plädoyer eines seiner Gegenspieler, der gerade für das armselige Häufchen von Angeklagten eine lebenslängliche Strafe forderte, in seine Robe griff und sich und die Gerichtswelt vergaß im Betrachten der Dinge, welcher wohl?, in seinem Handteller wie auch ihrem Beschnüffeln. Im Umlauf blieb auch noch lange die Geschichte, wie der Pilznarr eines Tages, in einem besonders feierlichen Prozeßmoment, sagen wir, beim Sicherheben aller zur Urteilsverkündung, dieses Mal in der wohl unbestreitbaren Absicht, den Ernst des Gerichts zumindest herabzuspielen, zwar auch aufstand von seinem Verteidigerplatz, aber, als am langen Richtertisch das internationale, ja interkontinentale Richtertriumvirat sich zur Strafausspruchszeremonie, wie in einer einzigen Bewegung, »wie ein Mann«, die Barette auf die Köpfe setzte, sich simultan, und gleichfalls mit beiden Händen, ein ziemlich ähnliches Insignium überstülpte, welches in der Wirklichkeit ein mächtiger Schirmpilz, eine *coulemelle*, eine *culumella iganta*, eine *makrolepiota* war.

Die in sein Haus Eingeladenen – in jener Periode kamen die noch, und gar nicht so wenige – hatten damit zu rechnen, so oder so, vom Einfall der Dämmerung bis Mitternacht mit Pilzbeschwörungen, -rhapsodien, -symphonien, -gedichten, -fabeln und -kantaten traktiert zu werden, womit weniger die Speisen selber als seine von Jahr zu Jahr sich steigernde Berauschtheit gemeint war. Es gab für ihn zuletzt, über die Mitternächte hinaus, kein anderes Thema mehr. Er ließ es auch nicht zu. Die Pilze, wie schon bemerkt, waren das letzte Abenteuer, und er war ihr Prophet. Am hintersten, nein, dem einzigen Horizont standen sie. Um sie drehte sich die Weltachse, eingeschlossen das Wetter, das zum Pilz- oder Nichtpilzwetter wurde. Sein erster Gedanke am Morgen: »Auf in den Wald. Auf in die Wälder. Auf in die Pilze!« Sein erster Gedanke? Sein im Lauf der Zeit wie der Jahreszeiten, sommers wie winters, einziger Gedanke? »Gedanke«? Wie auch immer: Er erzählte, am Ende nur noch mit mir als Zuhörer, tag- und abendlang von einer Fundstelle, als handle es sich um eine große Sache, und verlor kein Wort über die täglichen Katastrophen, die sich häufenden, der Weltgeschichte; wollte mit seinem Heraufbeschwören und Geraune gar nicht mehr aufhören.

Die Verachtung ging über auf alle die, galt denen, welche nicht seinesgleichen waren, »ausgenommen uns, die Seinen, die hat mein geliebter Mann liebend vergessen …« Als Pilzsucher sah er sich zugleich als Schützer, und beides zusammen machte aus ihm den Herrn der Wälder, oder, wie er sich in seinem ungeschriebenen Pilzbuch selber nennen wollte, zum »Sohn des Pfades«, was eine Übersetzung aus dem Arabischen war und angeblich einen Krieger bedeutete, einen Krieger im Heiligen Krieg. Ja, er führte, zuerst insgeheim, dann offen, wenn auch nur mit Worten, Krieg gegen alle, die nicht wie seinesgleichen auf dem Pfad waren, über die Wälder hinaus, im Wald jedoch im besonderen. Wehe sogar den spielenden, das heißt mit Spielzeugpistolen einander totballernden Kindern, die er doch einmal, würde man sie recht erziehen, als zukünftige Bundesgenossen gesehen hatte: »Tunichtgute! Laßt die Wälder in Ruhe!« (Und zuletzt sagte er das nicht nur im Stillen.)

Schmach über die falschen Schatzsucher, die von Jahr zu Jahr in den Wäldern wüster hausenden, nicht nur mit Spaten und Pickel, sondern mit mehr und mehr ausgepichten Geigerzählern, mit immer tiefer aufgerissenen Gruben danach um die Baumwurzeln. Schande über die Querwaldeinradler, welche jeden noch so verborgenen Hohlweg im Wald ausbauten mit aus dem Naturboden geschaufelten künstlichen Schanzen, Landeflächen, Slalomhügeln, als sei selbst die wildeste Wildnis nichts als ein von ihnen annektiertes Terrain. »Das, gottlose Hunde, sollt ihr büßen mir, dem Sohn des Pfades, demjenigen welchen!«

Dabei erzählte mir seine Frau, wie entwaffnet er, selten genug, sich gefühlt habe, sooft ihn ein ballerndes Kind oder einer der Querwaldprescher unversehens gegrüßt habe (von den Metallschatzsuchern keiner), und wie er einmal bei einer Heimkehr von der frischen Haut und den leuchtenden Augen eines Waldsportlers begeistert gewesen sei – dagegen seine, auch bei den unerhörtesten Funden, gerade da?, so matten Augen, die Wangen wie entzündet von den Waldspinnweben, die Stirn jedesmal noch blutiger gekratzt von den Aststümpfen, gegen die er in seiner Suchgier, die er »Sehnsucht« nannte, blindlings anrannte, und daß er nicht schon längst, beim Einstich eines stachelspitzen Totholzstücks an einem Eichstamm in seinen Augenwinkel, gestern den rechten, heute den linken, einäugig geworden sei, gleich übrigens einiger seiner Vorfahren, das habe, so sie, er nur seinem Schutzengel zu verdanken, der, wie es in ihrer beider Gegend heiße, zugleich ein Warnengel sei: »Paß auf, Freund, beim nächsten Mal gibt's meinen Schutz nicht mehr!«

Immer noch machte er sich, erzählte sie endlich, auf in seinen feinen Anzügen, samt enggezogener Seidenkrawatte. – Und kam schmutzig zurück? – I wo, das nie, kein Fleck jemals auf dem Kammgarn, oder auf sonst was. Aber dafür: eingerissen, vor allem die Innenfutter, und das im gerade gekauften Anzug schon beim ersten Waldgang, oder spätestens beim zweiten, und im Verlauf statt ein- mehr und mehr aufgerissen, und in unsrer letzten gemeinsamen Zeit blank zerrissen.

Nicht lange nachdem Frau und Kind – das beinah keins mehr war – das Haus verlassen hatten, hörte der Pilznarr mit seiner Anwaltsarbeit auf und ging daran, sein spezielles Pilzbuch zu schreiben. Aber, »wie gesagt«, »wie schon bemerkt …« Und damit, wie er mir kurz vor seinem Verschollengehen zukommen ließ, begann »die schaurigste Periode meines Lebens«. Da auch sie, unter anderen Vorzeichen, an anderen Gegenständen, durch die Jahrhunderte oft zur Sprache gekommen ist, kann ich mich, obwohl sie Jahr um Jahr gedauert hat, in der Erzählung, welche überdies bloße Nacherzählung sein muß – sonst nicht eben meine Sache –, kurz halten. Der »homerischen Quelle«, die Antonio Machado einmal beschworen hat als Rhythmusbild und Tonangabe, bin ich bis jetzt gefolgt. Für das Kommende ist sie, wie soll ich sagen, nicht mehr der Fall; oder es ist nicht mehr ihr Platz.

Schaurig? Ja. Und zugleich erlebte er, auf der Suche, seinen fast täglichen Moment der Ekstase; eines bedingte das andre. Zur Ekstase kam es sogar, wenn er, seltener und seltener, einmal nicht fündig wurde: Eine solche zeigte ihm seiner Meinung nach an, daß er ein freier Mensch war, »der freieste von allen, und ihr anderen, ihr seid meine, seid unseresgleichen Sklaven«. Seinesgleichen? Ja. Jetzt, ohne Beruf, war er so frei, auch auf die Suche nach seinesgleichen zu gehen, nach den anderen speziellen Suchern, Ausforschern, Forschern, den in seiner Ahnung ebenso letzten Menschen wie er.

Und das schien sich, episodisch, sogar zu bewahrheiten, freilich nicht mehr, wie vorher dann und wann, beim Suchen selber, in den Wäldern oder sonstigen Forschungsstellen – auch außerhalb der Wälder nahmen die, fast beängstigend, zu – und noch weniger bei den geplanten Treffen und Jahreskongressen der Pilzkundler oder »-freunde«, wie sie sich nannten, aus der ganzen Welt, wo er im ersten Jahr noch mit dabei war. Unter seinesgleichen fühlte er sich, sooft diese sich zufällig offenbarten, in der Regel, eigentlich fast jedesmal, inmitten von Unbekannten an einer Bartheke. Da brauchte es kein Fußballspiel im Fernsehen, um ins Gespräch zu kommen. Eine kleine Bemerkung eines der Fremden da über Pilze, oder über einen bestimmten, gern übersehenen, und ein mehrstimmiges Erzählen konnte losgehen, mit einer stillen Begeisterung, auch für Orte, Jahreszeiten, insbesondere Nuancen und Schattierungen, wie sie kein noch so rasantes Fußballspiel und überhaupt kein anderer Gegenstand auf Erden mehr zu wecken vermochte.

Nur ging es dann nie darüber hinaus. Und wenn er sich auf die Lebensumstände der vermeintlich seinesgleichen einließ, so verkörperten sie, die Pilzwelt beiseite, eher das Gegenteil der von ihm doch gesuchten freien Menschen. Im alltäglichen Leben entpuppten sie sich meist als willige Untertanen, ihrer Frauen oder wessen auch immer, als Untergebene, mit denen nichts mehr zu reden war, als Untertanen der geducktesten Art, so als ob ihre Suchgänge ein bloßes Steckenpferd oder ein Zeitvertreib, einer unter tausend sich anbietenden, wären – was doch, sichtlich und hörbar immer neu an den Theken, nicht stimmen konnte. Und womöglich noch weniger auf seinesgleichen traf er auf den Tagungen und schon gar nicht auf dem Pilzforscher-Weltkongreß. Von Freien, mit Feuerzungen, entflammt von der Weltluft am ganzen Forscherleib, wie von ihm im voraus phantasiert, kaum ein Hauch. Eigentümlich schon, wie viele dieser Pilzforscher kränklich wirkten, und Kranke, eher eingebildete, waren. Frei erhobenen Hauptes stand keiner, was ja, bei dem besonderen Forschungsgebiet, fast noch natürlich war, aber auch ständig vornübergebeugte Menschen, mit krummen Rücken und zu Boden gesenkten Augen, konnten doch etwas von einem Souverän ausstrahlen, oder?, von einem Souverän seiner selbst. So einer brauchte vielleicht bloß den Mund zu öffnen und, Kongreß hin, Kongreß her, die Stimme ins Weite schwingen zu lassen, oder nicht? Und dergestalt das »obere Leitende«, so hatte Goethe den Geist gespürt, »vorwalten« zu lassen, nicht wahr? Jedoch keine Stimme schwang und gar waltete vor. Es blieb bei den Kongreß- respektive Konzilsstimmen, einem Wissenswettbewerb mit einem Pilzpapst und vielen Gegenpäpsten, auch bei dem angenehmsten Zusammensitzen danach, wobei sich er, der selbsternannte Freiherr aus dem Pilzreich, den schönen Zufall der Thekengespräche zurückwünschte. Müde von ein paar Schritten im Park des Kongreßhauses wirkten nicht wenige dieser allerdings meist ältlichen Mykologen, und selbst wenn einer von ihnen eine revolutionäre Sporentheorie vortrug, ging ein ständiges Hüsteln durch die Sitzreihen, wo einer sich ausdrücklich vom andern entfernt hielt, wie um nicht von ihm angesteckt zu werden – »all das undenkbar einst bei meinen Gerichtsplädoyers«. Und doch: Zu guter Letzt – immerhin ab und zu das Zu-guter-Letzt in seiner Geschichte – waren diese Pilzkundler allesamt eher Verlorene, wie es sich vielleicht auch heutzutage gehörte, und zugleich, jeder für sich allein, Beschwingte und Gutherzige.

Und trotzdem waren auch sie nicht seinesgleichen. Er erkannte: Seinesgleichen gab es nicht, und das sagte er sich gegen das Ende seiner Geschichte, wie sie mir bisher bekannt ist, längst nicht mehr mit dem ihm vielleicht angeborenen Hochmut, aus dem in einer Zwischenzeit, der Hoch-Zeit seines Pilznarrentums, geradezu eine Hoffart geworden war.

Hochmut und Hoffart verschwunden – und trotzdem fühlte er sich als der alleinige, der einsame Schatzsucher im Recht. Der Souverän, das war und blieb er, wenn auch nur in den Momenten, den täglich sich verkürzenden und wie in einem Handumdrehen ausbleichenden und, schlimmer, ungültig wirkenden der Ekstase. Und »Souverän« hieß: Wo ich bin und meine Kreise, Spiralen, Ellipsen ziehe, ist mein Platz, und der Platz ist mein, und keiner darf mich da stören. Verschwinde du gefälligst aus meinem Suchfeld. Aus meinen Augen. Weg mit dir, Sklavenseele. Und da er, gerade durch sein Alleinsein, neu bedacht auf Ansehen wie Auftreten war, wirkten diese, ohne daß er die Schmähungen, die ihm fast auf der

Zunge lagen, eigens herausschreien mußte (nur seine Fingernägel, bei sonst wieder weltmännischem Aufzug, waren nicht mehr zu säubern von der Walderde, so tief hatte die sich da hineingemischt).

Von niemandem gestört zu werden, verlangte er, so als hieße das, er sei gerade bei einer besonders heiklen und darüber hinaus unabdingbaren und im Interesse der Allgemeinheit unaufschiebbaren Arbeit. Würde diese verhindert, so wäre das ein Jammer, ein ewiger, für das Gemeinwohl, und außerdem wäre es um ihn, um ihn persönlich, geschehen. Ja, seltsam, oder eben schaurig: In den Momenten seiner Ekstase hatte er zugleich Angst. Angst, als derjenige, der als ein besonderer Geometer, allein mit seinen so geometrischen wie sphärischen Bewegungen querwaldein alles Zeithaben auf Erden hatte und auch darstellte, hinterrücks jäh keine Zeit mehr zu haben – entrückt würde aus der Zeit –, daß seine Zeit um wäre. »Verflucht seist du, falscher Lichtbringer!«

Und so geschah es dann auch, und zuletzt täglich. Ein jedesmal drohte seine Ausforscher-, Forscher-, Entdecker-Ekstase umzuschlagen in Panik. Das erlebte er als ein anfangs schönes, Herz wie Stirn erwärmendes, dann unmerklich ins Grausige und Eisige wechselndes, seine Person übersteigendes, kosmisches Ritual. Das Grausige, es kündigte sich an, je länger er fündig wurde (und er wurde mit jedem Tag fündiger und entdeckerischer), indem sich ihm vor lauter Ausspähen und Weiterforschen der Raum verengte und zuletzt zu Punkten, ein Punkt da, ein Punkt dort, schrumpfte. Hatte sein Suchengehen einst Umgebung geschaffen, so ließ das Finden nun, besonders in Überfülle, sie schrumpfen. Wie schön und wohltätig waren doch einmal die Einzelfunde gewesen. Das war jetzt nicht mehr Raum; und das hieß: aus mit dem Raumgefühl. In einer Zwischenzeit gaukelte er, den Blick in die Baumwipfel und -kronen, darüber hinaus ins »Firmament«, zu den fernstmöglichen Horizonten bloß spielend, sich den Raum noch vor – und verspielte ihn so erst recht, auch weil solche Blicke, arg kurz, wie er sie tätigte, nie zum Schauen wurden und er sie, bevor sie etwas wie Stetigkeit bekamen, auch schon abbrach und zurück ins punkthafte Äugen, ja Stieren bodenwärts fiel. Vom Süd-West-Nord-Ost-Herrn war er zum Punkt-Sklaven geworden. Ja, der Sklave, das war inzwischen er.

Und mit dem derart verspielten Raum, Teil der kosmischen Regel?, nahte die beinah tägliche Zeitenge, dann -klemme, dann Unzeit. Merkwürdig: Seine Art der Zeitnot, sein »Zeitschwitzkasten«, wie er das nannte, kam nicht davon, daß er zu wenig Zeit hatte, sondern zu viel – der Raumverlust rührte von seinem Maßverlust. Und anders merkwürdig: Das, was ihn ab und zu noch vor der Panik bewahrte, gerade die panisch werdende Außenwelt, war die panische Natur. Wenn, im Gewitter oder im Sturm, die Zeiten und die Räume durcheinandergerieten, nicht in ihm drin, sondern außen, im Draußen, so erlebte er das als ein grundanderes Spiel, als die erlösende Gegenbewegung zu seinen inneren Gaukeleien und Vortäuschereien; mitten im Herabstürzen der Äste, im Durchdielüftepfeilen der geängstigten Vögel, im Donnerkrachen fühlte er sich in Sicherheit; äugte und spähte zwar weiterhin (zwischendurch nur noch, nicht mehr in einem zu) seit- und wurzelwärts, aber er gehörte dazu, zu den in der panischen Welt durcheinanderspielenden Räumen und Zeiten; fand zur gepriesenen Ruhe; und bekam große Augen, selbst wenn ein Sturzast ihn streifte oder ein Blitz ihn unwillkürlich erschreckt hatte: In der Sekunde nach dem Zusammenzucken sah er sogar schärfer, und was er so jeweils sah, war, wie früher einmal, umgeben von einem Schein – jedenfalls kein Punkt. Wie doch sein Ortssinn zurückkam gerade in der Wildnis der panischen Welt. Wie er gerade als Verirrter nun zum Entdecker wurde.

Was ihn außerdem dann und wann noch vor seinem zunehmenden Unzeitbewußtsein bewahrte, das waren, paradox oder auch nicht, jene, ach gar kurzen Episoden, da er suchte, suchte und suchte – er konnte nicht mehr anders – und nichts fand. Während jener Suchstunden wurde er zwar mehr und mehr ärgerlich, aber gerade solcher Ärger half ihm, in der Zeit zu bleiben, oder, wie er das bei sich selber nannte, »im Diesseits«. Und, vor allem, nach einem Tag der Vergeblichkeit mit leeren Händen und Taschen aus der Waldestiefe ins Freie zu treten, wo es endlich, endlich! nichts mehr zu suchen gab, das hieß in der Tat: »Ah, ins Freie!« Nur war solches Nichts-und-wieder-nichts-Finden die große und von Mal zu Mal größere Seltenheit. »Suchen und Nichtfinden!«, das sah er vor sich als eine Art Ideal. Nur: Wie es praktizieren? Es war nicht zu verwirklichen, wenigstens nicht von einem Pilznarren, und schon gar nicht von einem, der nicht seinesgleichen hatte.

Was machte ihn in all den Narrengesellschaften zum Sonderfall? frage ich mich. Vielleicht, daß er, William Shakespeare abgewandelt, über sein Pilznarrentum hinaus noch ein »Bewußtseinsnarr« war, in dem Sinn von »So macht Bewußtsein Narren aus uns allen«. Und so konnte das Unwillkürliche, das Seinlassen, das Geschehenlassen zwar wieder eins seiner Ideale darstellen. Aber zugleich war er sich ständig, schauderhaft ständig, in jedem Moment, in einem fort dessen bewußt, was er tat – statt es geschehen zu lassen, was er unterließ – statt es zu lassen. Aus der Bewußtseinsnarrheit entsprang sein Kranken an der Zeit, wovon ihn die Pilznarrheit einmal geheilt zu haben schien, worauf letztlich – ah, daß ihm ein »zu guter Letzt« beschert würde! – seine Not mit der Zeit umso bedrohlicher wiederausbrach. Was war seine ärgste Bewußtseinsnarrheit inzwischen? Er spielte das Nichtsuchen, um insgeheim doch zu finden.

Verflucht er selber, und verflucht auch, sooft die Panik nahte, die Pilze! Wenn er dann überhaupt noch Augen für etwas hatte, so nur für sie. Und mehr und mehr anderes narrte ihn als Pilz, auch wenn es gar nicht die klassische Pilzgestalt hatte. Als Pilze sah er die kleinen viereckigen Rauchfänge auf den Dächern der Nachbarhäuser, und angesichts einer jahrtausendalten Skulptur der drei Könige aus den Morgenländern, die dem neugeborenen Gottessohn ihre Gaben darbieten, waren das in ihren Händen Pilze statt des Golds, des Weihrauchs und der Myrrhe. In tiefer Nacht Sternbilder in Form von Pilzen. Im Traum wuchsen ihm Pilze am eigenen Leib, nicht etwa die üblichen, chronischen, welche Gesundheitsschäden anzeigten, sondern Waldpilze, die gesuchtesten, begehrtesten, appetitlichsten. Und selbst in den Wäldern und auf den Wiesen, je stärker die Funde sich häuften, verwechselte er desto vorhersehbarer all das Umliegende, Blätter, Kuhfladen, sogar Beeren und Blumen mit ihnen – nahmen Steine, Hundekot, Papiertaschentücher, leere Zigarettenschachteln, Vogelfedern, Präservative, verrostete Stahlhelme, jahrhundertalte Soldateneßnäpfe, entschärfte Tellerminen Pilzform an (nach welcher er sich bückte zum Einsammeln).

Er war dabei, vor lauter Pilzformen außerhalb und innerhalb des Kopfes die Gesichter der anderen, der Leute, der Menschen zu verlieren, das, was für ihn einst das Höchste gewesen war, »das sichtbare Dritte«. Seine Frau, schon lang los von ihm, erzählte mir, er sei ihr dann einmal im Wald begegnet, habe da aber zuerst auf das geschaut, was sie in Händen hielt. – Und das war? – Ein Kaiserling, ein Cäsarenpilz, eine *amanita caesarea*, ein Dottergelb, leuchtgelber nicht möglich, in einer eiweißen Hülle, eine wahre Götterspeise. – Was, sie auch zur Närrin geworden? – Ja, ausnahmsweise, im Spiel, um den Hauptnarren vielleicht doch noch zurückzugewinnen. – Und weiter? – Er blickte tatsächlich von dem Pilzkaiser auf und in ihr, seiner Frau, Angesicht. Aber er erkannte sie nicht, bewunderte sie nur, als Fremde, mehr wegen ihres Funds denn aufgrund ihrer Schönheit.

An der Schwelle zum Grauen begann er, das geliebte Rauschen und Rascheln der Bäume, dessen er als Kind so bedürftig gewesen war, als ein gegen ihn gerichtetes Tuscheln, als ein Gemauschel, als ein unheilverkündendes Geraune, als ein böses Orakel zu hören. Die Äste, die im Wind aneinanderrieben, zischelten. Selbst wenn er dabei zwischen die lieblichsten und schönsten der Pilze geriet, waren sie für ihn nur noch »Zeug«. Teufelszeug! Ausgeburten der Hölle! Und wie kalt, wie eisig kalt zugleich dieses Zeug in der Hand lag, mit auch noch so heißem Blut nicht zu erwärmen, im Gegenteil, ihre Kälte auf ihn übertragend, armaufwärts, bis ihr Eis glitschte ins innerste Herz, was ihn freilich nicht hinderte, einer verirrten Wandergruppe – es gab mehr und mehr verirrte – als der Ortskundige zurück auf die Spur zu helfen und Entgegenkommende als erster zu grüßen, auch wenn er dazu kein Gesicht brauchte, und was ihn andererseits nicht hinderte, sich zu wundern, daß die großen Waldläufer der vergangenen Jahrhunderte, so große wie er jetzt, nur um an Amerika zu denken, Walt Whitman oder Henry David Thoreau, nirgendwo Pilze bedichtet oder bloß erwähnt hatten. Warum hast du Bäume nur zur Gymnastik verwendet, um nach deinem Schlaganfall wieder gelenkig zu werden, Walt? Und warum hast du, Henry, in den Wäldern von Maine und Massachusetts nur Pflanzen bestimmt? Und was waren das für Völker, wie die indischen und arabischen, für die Pilze nur in der Nähe von Scheißhäusern wuchsen, oder ähnlich verfemt-*ḥarām* wie Schweinefleisch waren, verbannt dereinst auch aus dem Paradiesgarten?

Wollte mein Pilznarrfreund sich lossagen von seiner Haßliebe, als er einige Monate lang quer durch die Wüsten und Dünenlandschaften der Erde zog? Weiß nicht. Was ich weiß: daß er auch bei den Tuaregs und im Jemen, im Wüsten- wie im Dünensand, nah den Oasen, anfing, auf die Suche nach Pilzen zu gehen, und die jeweils dem Sand und dem Land entsprechenden, mit ihm, wie sagt man, »symbiotischen«, auch aufstocherte. Und auch in unseren europäischen Mitten, wohin er sich vor den Pilzen angeblich flüchtete, hielt er, am Fuß der Kathedralen, in den Stadien, sogar, sage und schreibe, bei Bootsfahrten auf den Flüssen, zwischen den Schienen der Untergrundbahnen, auf den vegetationslosesten Friedhöfen, zumindest nach ihnen Ausschau, oder es geschah ein Kopfrucken hin zu ihnen, weg von allem andern, und manchmal wurde er selbst da, im undurchlässigsten Beton, fündig, zu seinem Leidwesen nach einem flüchtigen Moment der Ekstase. In der Stunde vor einem nicht belanglosen chirurgischen Eingriff stand er am Fenster der Klinik, mit einem flüchtigen Blick auf die Baumkrone davor, worauf er aber umso inständiger und zugleich angeekelter unten das Wurzelwerk ausspähte, nach was wohl?

Immer häufiger unterliefen ihm so Litaneien von Schmähungen vor seinen Forschungsgegenständen: »Untiere. Zwitterwesen. Bastarde. Verweslichste der Kreaturen. Mütter allen Ungeziefers.« Und die wüstesten der Beschimpfungen waren in seinen Augen: »Märchenfritzen. Madenmärchen. Als Rotkäppchen verkleidete Reißwölfe. Rumpelstilzchen mit den tausend falschen Namen, mit ›Rumpelstilzchen‹ als dem allerfalschesten! Schleicht euch! Erbarmen!«

Da es vor seinen einstigen Lieblingen nirgends auf dem Erdkreis, von Feuerland bis Sibirien, ein Entkommen gab, konnte er ebensogut heimkehren in Haus und Garten, nah der Metropole, nah den vertrauten Wäldern. Versteht sich, oder verstehe, wer kann, daß es ihn längst nicht mehr unwillkürlich, sondern gegen seinen Willen dort hinein zog, nein, trieb, geradewegs jagte. Sein erster Gedanke, nein, Zwang, schon beim Aufwachen, lange vor dem Morgenwerden: »In die Pilze mit dir, dalli, dalli!«

So vergingen wieder ein Sommer und ein Herbst, und es kam der Winter. Über Nacht fiel der erste Schnee, auch tagsüber, dicht und dichter. Das hielt den Narren keineswegs davon ab, wie täglich auf die Suche zu gehen, machte ihn, obgleich umdüstert von

Schuldbewußtsein und Selbstverachtung, in Anbetracht der fast kniehohen Schneeschicht umso begieriger, hetzte ihn auf. Von »Anbetracht« im übrigen keine Rede, und auch die Flocken an der Stirn, einst das große Lebensmal ihm da eher antupfend als einzeichnend: nichts da, nichts mehr.

So wie er im Wald, tief im Schnee, dann auch grub, scharrte, umwälzte, mit einem Bündel von Suchstöcken, Prügeln, auf einmal, mit den bloßen Händen, mit den Füßen, links, rechts, wie ein Fußballspieler: nur das tote Herbstlaub, in vielerlei durchnäßten Farben, für die er kaum etwas übrig hatte, aufleuchtend unter der so reinweißen Schicht. Dabei war es doch seine langjährige Erfahrung, daß im Winter, im Dezember bis weit in den Januar hinein, sogar unterm Schnee, der sie vor dem Frost schützte, die Seinigen – das waren sie trotz allem noch – wuchsen. Und insbesondere konnte er da, nach der Saison der sogenannten »Totentrompeten« – wieder so ein falscher Name, wo doch diese Pilze in einem lebendigen Schwarzgrau flitterten – mit deren Vettern rechnen, den ebenfalls minitrompetenförmigen, nur so hell- wie tiefgelben, welche er, eigenmächtig, wie er geworden war, von ihrem Umlaufnamen umbenannt hatte in »Erdschmetterlinge«, und, in der Zeit, da ihm noch nach Kosenamen für die Dinger war, in »Erdfalterchen«. Der Apotheker von Taxham anders als viele der heutigen Pharmazeuten ein Pilzkenner wie kaum einer, hatte ihm im übrigen zukommen lassen, daß diese »Trompetenpfifferlinge« nach dem ersten Frost noch an Geschmack gewännen.

Wie es sich traf, war das der Tag vor seinem Verschollengehen; vor seinem Verschwinden von der Erdoberfläche. Stunden um Stunden wühlte er vergeblich den Schnee auf, und ein Dritter hätte die Waldgegenden, durch die mein Freund zickzackte, für geschändet von den anderen, den mechanisierten und automatisierten Schatzsuchern, oder zerspießt von einer ganzen Wildschweinhorde gehalten. Zu seinem Glück oder Unglück hörte es zu schneien auf, und in der schrägen Nachmittagssonne des Dezember blinkten ihn aus wieder einem Grabloch im Schnee die gelbbraunen Flügel eines Erdfalterchens, eines einzelnen, an, das im Entdeckermoment auch frisch seinen Kosenamen zu hören bekam. Und erst das Gelb seines Beinchens in der Sonne: Wo gab es auf der ganzen Welt einen Glanz, der herzlicher willkommen hieß?

Und wieder aus langjähriger Erfahrung wußte der Pilznarr, daß, so wie man, oft nach halbtaglanger Suche, endlich den ersten, in der Regel, wie der jetzt, einzelnen und wie einzigen Falter aus dem tiefen Laub »flügeln«, dabei still an Ort und Stelle bleibend, wahrnahm, darauf Verlaß war, um ihn herum, nicht bloß einzeln, vielmehr büschelweise, zu Trauben und Clustern gedrängt, ganze Hundertschaften der köstlichen, unvergleichlich – wie eben fast alle der Pilze – schmeckenden Erdfalterchen freizulegen, eine in einem wie geometrischen Muster von Erdfurchen und -rissen verborgen gewesene Schleppe, die sich weit zwischen die Bäume zog, so reichhaltig, daß er, beim Pflücken oder Abknipsen (das er als Musik vernahm, »wie komponiert unisono von John Cage und Domenico Scarlatti«) und Ernten, die Vorstellung von einem geheimen Beet tief im Wald, von einer versteckten, ihm in Person bestimmten geheimen Plantage hatte.

So kam es auch an jenem Tag, nur daß, einmal aufgedeckt unter dem Schnee, die Beete mit den Erdfaltern sich querwaldein ständig weiter zogen; die Plantage zog sich hin wie ohne ein Ende. Die Ernte von Stunde zu Stunde reicher, auch schwerer in sämtlichen Behältern, in den Taschen, im Rucksack, forderte sein fort- und fortgesetztes Sichbücken und Pflücken. Zwischendurch wurde die gelbe Schleppe zu seinen Füßen schütterer, riß gleichsam für ein, zwei Schritte – und flackerte und falterte beim nächsten Schritt neu auf. Dabei hatte er gehofft, sich endlich aufrichten und getaner Dinge heimkehren zu können. Nichts wie weg aus dem Wald! Aber dazu war er nicht imstande. Die Erdfalterschleppe zog sich und ihn fort und fort. Nicht nur konnte er nicht weg, er durfte nicht weg, die Biester, das Gesindel, das Geschmeiß, es ließ das nicht zu. Die Pilzstellen, die Pilzbeete, die Pilzfelder, die Pilzschleppen, die Pilzmäander, sie schlängelten sich, sie wanden sich, sie zuckten mit Rattenschwänzen, schlugen mit Drachenschwänzen, warfen Schlingen aus nach ihm, ohne Unterlaß, ohne Erbarmen.

Die Dämmerung fiel, es kam, ohne ein Abendwerden, die dezemberliche Nacht, und er kehrte weiterhin, fluchend, flehend, auch wimmernd und aufheulend, als »Erntezwangsarbeiter« (Formelsprache aus seiner Anwaltszeit) das Waldunterste nach oben, erst noch im Schneelicht, dann mit der Stirnlampe, welche er, seit dem Verkommen seiner Leidenschaft zur Sucht, auf Schritt und Tritt in den Wäldern mit sich trug. »Ich, der Jäger? I wo, ich der von den Pilzen Gejagte!« (Wieder so eine Formel.)

Und dann? Endgültiger Ausbruch des Grauens und mit Gebrüll oder stumm mit dem Schädel gegen einen Baumstamm am Rand des tiefsten der Bombentrichter gerannt? Ein anderer »Großer Fall«? Oder, summend und singend, wie wenn nichts wäre, am Boden eines Kraters sich selber als ganzer durch den inzwischen gefrorenen Schnee hinein in die Laubspreu darunter gewühlt? Nichts dergleichen. Wie in der Geschichte des Habakuk, eines angeblichen Propheten im Alten Testament, wurde er, hast du's gesehen?, am Schopf gepackt und querluftein woanders-, ganz woandershin getragen. – Getragen von wem? – Keine Ahnung. Malt euch das alleine aus. – Vielleicht von ihm selber? – Vielleicht.

Vom wem ich das alles, seine letzten Jahre vor seinem Verschollengehen, das letzte Jahr, den letzten Tag, weiß? Von ihm, meinem Dorfkindheitsfreund und späteren Pilznarren, wenn nicht gar -wahnsinnigen, persönlich.

Meine Ahnung, er sei unterwegs zu mir, ist eingetroffen: Seit ein paar Tagen leistet er mir Gesellschaft, oder wir leisten einander Gesellschaft, nach dem einen ganzen Jahr seines Ferngebliebenseins. Und durch sein Auftauchen, heil, ist, hoffe ich, auch jenes Gran Heiterkeit in meine und seine Geschichte geflattert, ohne welches mein Erzählen es nicht dorthin schafft, wo sie hindrängt und hingehört, ins, wie von jemand anderem als mir ausgerufen, Offene!

Es war wieder ein Dezemberanfang, wenn auch ohne Schnee, und eines Nachmittags, während ich in meinem ziemlich abgelegenen Haus, dem einstigen Auswechsel- und Übernachtungsschuppen für Kutschen-oder-sonstwas-Pferde in der heute wie damals ziemlich menschenleeren Landschaft zwischen Paris und Beauvais in seine Geschichte vertieft saß, näherte mein alter Freund sich auf der kleinen, nur morgens und abends ein wenig befahrenen Straße. Ich erkannte ihn, vielleicht, weil ich ihn »irgendwie« erwartete, vielleicht auch, weil mein Gehör durch das konzentrierte Tun geschärft war, an seinen Schritten. Alter Freund? Gang eines Jungen, fast eines Kindes, nah an jenen Kinderhüpfschritten, die, gleichwo zu hören, mir seit je die lieblichste Musik ist.

Ich erhob mich vom Tisch hier, an dem ich nun das Ende seiner Geschichte schreibe, und hielt ihm, bevor er noch geklopft oder gerufen hatte, die Gartenmauertür auf, an die ich, gefügt aus in den nahen Steppen geklaubten Vorzeitmuscheln, die Hausnummer – höher als drei oder vier geht es nicht im weiten Umkreis – angebracht habe, und er ist, ohne eine Spur von Überraschung über solchen Empfang, in meinen, wie anders, seit jeher, frei nach Vergils *Eklogen*, glaube ich, »armen« Garten getreten. – Fehlte noch, daß du ihm eine Kerze ins Fenster stelltest für sein Kommen in der Nacht! – Das habe ich getan in den Nächten zuvor. – Und daß du ihn empfängst mit dem Salz der Gastfreundschaft. – So war es.

Vor der Schwelle zum Haus, dem jahrhundertebewährten Steinschuppen, zögerte er, über die Höflichkeitsspanne weit hinaus, und so hatte ich Gelegenheit, ihn auf mich einwirken zu lassen. Auch ich habe ein Auge für Einzelheiten, obwohl für andere als er, und so bemerkte ich, daß seine Fingernägel nicht mehr durchwirkt von Schwarz waren, sondern so gepflegt, wie es bei seinesgleichen, den öffentlich Auftretenden, angemessen ist. Seine Stirn und Wangen waren heil, frei von den blutigen Schrammen, welche er sich in seiner Waldnarrenzeit täglich zugezogen hatte, und ebenso hielt er sich, unterstützt von der Eleganz seines sichtlich frisch gekauften Anzugs, anders als zuletzt, aufrecht, blickte so ostentativ wie prononciert (Fremdwörter, wie er sie in seinen Plädoyers gern verwendete) in Augenhöhe, ohne andererseits den Blick zu Boden oder seitwärts eigens zu meiden; er schien ihn jedenfalls nicht zu fürchten. Und zugleich schimmerte in den Winkeln seiner Augen wie eh und je der Verlorene Sohn.

Von seiner Pilznarrenzeit haben wir nur am ersten Abend geredet. (Er bestand darauf, in dem winzigen Anbau zu übernachten, einem ehemaligen Verschlag für Werkzeuge, zu klein für ein Pferd, selbst fürs Behufen, wobei das Pferd halb im Freien steht, oder?)

Wie um ihn zu beruhigen, habe ich erzählt, in der ganzen öden Landschaft während der bald drei Jahre, da ich hier hause, noch keinen einzigen Pilz, zumindest keinen verzehrbaren oder sonst suchwürdigen, entdeckt zu haben, der Untergrund sei Kalk und Gips – nichts für Edelwuchs –, und der Boden der kümmerlichen Inselwäldchen inmitten der unfruchtbaren Steppen bestehe aus nichts als Schutt, Sand und Grus – siehe die spärlichen Maulwurfshügel, die nirgendwo auch nur ein Körnchen der sonst so fettschwarzen Waldeserde aufwiesen – totes Geriesel, höchstens ein Einsprengsel verpappten, sauerstofflosen, eitergelben Lehms. Höchstens Boviste seien vielleicht da und dort noch zu finden, aber in denen, »ich brauche dir das nicht beizubringen«, sei jetzt am Winteranfang höchstens noch braunschwarzer Staub.

Der Freund schien meine Beruhigung freilich gar nicht nötig zu haben; er überhörte sie. Ich verriet ihm auch nicht, daß ich gerade an seiner Geschichte saß (und ging); es war ihm im übrigen klar: zum Gegenstand meiner Arbeit (und meines Spiels) hatte Schweigen zu walten; »es genügt mir, dich am Tisch zu wissen, und aus der Ferne, vom Ende des Gartens aus, dich auch dort, nah am Fenster, zu sehen«, sagte er: »Das tut einem« – (er sagte nicht »mir«) – »gut.« Daß ich ihn am Tag seiner Ankunft zu ihm und den Pilzen befragt hatte, schien er eher meinem Bedürfnis der Ablenkung von meinem Thema zuzuschreiben; außerdem meinte er, die Pilze und er, das sei keine Geschichte wert, und schon gar kein Buch von meiner »Feder«; und einmal sah ich – das gehört eigentlich nicht hierher –, wie er das eine Pilzbuch im Haus beim Vorbeigehen umdrehte, um das Titelbild unsichtbar zu machen. In meiner Phantasie warf er das Buch ins Kaminfeuer. Oder mit den einzeln herausgerissenen, -gefetzten Blättern, diese zerknüllt, das Feuer überhaupt erst entzünden.

An einem anderen Abend rückte er, vor dem Feuer, damit heraus, ein Antipilzbuch, ja ein Antiwaldbuch im Sinn zu haben. Das Pilzesuchen, überhaupt das Suchen, lasse den Blickkreis, das Blickfeld zusammenschnurren zum bloßen Blickpunkt. Blick? Blicklosigkeit. Und was machten die zu Boden gehefteten Augen doch für einen schweren Kopf, und wie wurden die Augen trüb: der Graue Star, eine der Sucherkrankheiten! Vom hellen Gast auf dieser Erde zum trüben! Wälder und überhaupt die Waldluft seien schlecht auf die Dauer, zutiefst ungesund, drückten auf die Lungenflügel undsoweiter, strahlten üble Dünste und insgesamt zuletzt nur Übles aus. Und die ruckhaften Bewegungen der Sammler, wenn die einmal aus ihrem »Suchschritt« gerieten, übertrügen sich auf das Herz als Arrhythmie. Überhaupt die Sammler: Unterwegs mehr und mehr als Grapscher, aus bloßer Gier, und Gieren hieß Rauben. Ah, all die gottlos selbstgenügsamen Sammler.

Da lobte er sich noch die wenigstens zu den heiligen Zeiten in Gottesfurcht auf die Knie fallenden Jäger, siehe deren Patron. Ah, diese Wälder, diese Scheißwälder, wie sie rauschen, und rauschen, und rauschen.

Während ich tagsüber an seiner Geschichte schrieb, machte er sich im Hintergarten, wo er fast unhörbar blieb, zu schaffen, indem er Laub rechte, oder er sammelte das von den alten Apfelbäumen gefallene Reisig zum Feuermachen an den Abenden im Kamin, und nie beschmutzte er sich dabei, nicht einmal an den Manschetten. Ich hatte ihm auch angezeigt, wo in den Steppen und vor allem in den vorwinterlich um- und umgepflügten Äckern die vor Jahrmillionen in den Meeresbrandungen angeschwemmten Schneckenhäuser und Muscheln zu finden seien, selbst die kleinwinzigste Schnecke zum Staunen schwer in der Hand, und er kam ein jedesmal mit viel mehr und weit prächtigeren Funden zurück, als sie mir je in all den Jahren geglückt waren. Dazu brachte er Taschen voll Hagebutten herbei, die er zu einer unvergleichlich roten, eben hagebuttenroten Marmelade verarbeitete, und anderntags Taschen voll Haselnüssen, serviert von ihm als dem Koch geröstet zum Nachtmahl, zusammen mit den kaum größeren Kartoffeln von der Atlantikinsel Noirmoutier, und als Salat den Sauerampfer und die Kresse vom Flüßchen *Troësne* (= Liguster) unten in der Ebene am Fuß des Plateaus, an dessen Kante, wie gesagt, der einstige Pferdewechselschuppen steht. Alle diese Dinge, auch die spärlichen Edelkastanien, zauberte er bei seiner Rückkehr jeweils regelrecht aus seinen Taschen, Ärmeln, auch Hosenstulpen hervor. Vom Zaubern- und Bezaubernwollen war er demnach nicht abgekommen. Und statt bodenwärts zu suchen, zeichnete er, insbesonders Dinge in Augenhöhe; vorrangig die silbrigen, durchscheinenden in sich verschnörkelten Bäusche der Winterwäldchen, als sei in ihm doch ein Bedürfnis nach Schnörkeln, Wirbeln, Kringeln, Scheckigem, Gestreiftem, rundum Sphärischem geblieben! Wie auch: Abgesehen davon fand ich jeden Morgen meine Schuhe geputzt und geglänzt, meine Gummistiefel gewaschen, und jeden dritten Tag imprägnierte mein Freund den Feuersteinboden im Haus mit Olivenöl – ein wieder anderer Glanz.

Nach meinem Tun, vor der gar frühen Dezemberdämmerung, brachen wir täglich zu zweit, ein jeder in eine andere Richtung, in die Umgebung auf und kehrten heim in der Regel erst lang nach dem Dunkelwerden. Mir schien dabei, als bewege sich der Orion schneller von Ost nach Süd und dann West durch den Winterhimmel als in all den Jahren zuvor; ob das vom Altern kam? In der kanalisierten Troësne schwammen, als schwarze Buckel, riesige Ratten, die in Wirklichkeit eine besondere Biberart waren, weißgottwarum die hierorts »chilenischen«

genannten, von denen der neben uns auf der Kanalbrücke wartende Jäger wußte, sie ergäben ein ausgezeichnetes »Ragout«. Vor den Silhouetten zweier breiter, kurzbeiniger Pferde auf einer nächtlichen Weide stellten wir uns vor, auf ihnen, ohne Sattel, zu reiten, gleichwohin, wie wir es damals im Dorf gepflegt hatten, auf zwei breitrückigen, kurzbeinigen Ackergäulen, von einem Dorfende zum andern. Auf einer anderen Weide stand ein gar mächtiger Stier, gleichsam ein einziger praller Muskel von den Hufen bis nah den Hörnern, das Fell von einem Weiß, das selbst in der Dunkelheit nicht verblich, die Hoden unterm Bauch als zwei überdimensionierte Kalebassen. Einmal riß eine Sternschnuppe augenblicks einen Strich quer durch das Firmament, wie ein Streichholz, angerissen an einer Mauer oder wo, von einem Westernhelden oder wem, und die klargestaffelten Wolken von Horizont zu Horizont erschienen als Spuren von Traktorenreifen. Wildhasen noch und noch sprangen quer durch die Steppe im Vorwintergras von einem Schlupfloch gezielt in das andere.

Eines Abends wanderten wir auch zum fernen Dorf und standen dort an der Bar mit den seit Jahren immergleichen zwei, drei anderen, und mein Freund, mit seinem Auge für Kleidung, bemerkte, wie oft doch »Verlassene besonders scharfe Bügelfalten« aufwiesen. Dabei verschwieg ich, daß er selber mir während dieser Tage für Momente als ein Verlassener erschien. Wie sich das äußerte? Indem er, gerade noch der Harmonische von uns beiden, jählings, ungeschickt, von Ungeschick buchstäblich befallen wurde, jeder Handgriff daneben, und was immer er in Händen hielt, fiel ihm zu Boden. Und wie noch? Ohne Uhr wußte er jedesmal die genaue Zeit, auch wenn er geschlafen hatte, und zwar auf die Minute; und wo auch immer Zahlen sich zeigten, auf einem Thermostat, am Tachometer in meinem Auto, las er diese Zahlen als Zeitangabe, als die aktuelle, die Realzeit. Einmal, lange vorher, hatte er mir zukommen lassen, sein einziger Stolz sei es, Zeit zu haben – gerade weil er erfahren habe, was es heiße, keine Zeit zu haben, was heiße: der Drache im Herzen; das Herz als Drachen. Also hatte er sich von seiner ursprünglichen Zeitnot, seiner bösartigen Langeweile, bis heute nicht ganz erholt.

Es kam sein Geburtstag, und um den mit meinem Freund zu feiern, nahm ich mir arbeitsfrei, und wir brachen auf über Landstraßen, Dörfer, Feldwege, Buschwerk – »Da ist kein Durchkommen« (ich) – »Aber natürlich ist da ein Durchkommen!« (er) – und wieder Dörfer und Landstraßen zum Nachtmahl in das Gasthaus hinter dem Plateauhügel, mit sage und schreibe dem Namen *L'Auberge du Saint Graal*, »Die Herberge zum Heiligen Gral«. (Zwischendurch einmal umbenannt, heißt das Wirtshaus heute wieder wie vorzeiten).

Wir machten uns auf den Weg lange vor Sonnenaufgang, der, wie er wußte, an seinem Geburtstag um acht Uhr dreiunddreißig stattfände. Die Wolken am Ost-, fast schon Südrand des Plateaus erschienen goldgerändert, und von dem bejahrten Geburtstagskind kam dazu der Ausruf: »Gloria!« Ein fast warmer Wind wehte uns beim Querfeldeingehen entgegen, worauf mein Freund sagte, der wehe von Jemen her, aus dem Paradies. Am Ende eines Alleenwegs ein blauer Planwagen: das Himmelblau. Mehr denn je ähnelte der, mit dem ich zusammen für den Tag unterwegs war, dem alterslosen, scheuen und unversehens übermütigen Richard Widmark. Und ich als sein Partner in »Two Rode Together«? Schön wär's; schön wär's gewesen. Aber jedenfalls nahm ich meinen Partner ernst, ernst wie nur James Stewart Partner und/oder Gegenüber ernst nahm. Den Partner? Die Sache?! Seine. Unsere. Unser beiden Abenteuer. Und was hörte ich zugleich von dem an meiner Seite?: »Seltsam, ein Licht wie damals beim Begräbnis der jungfräulichen Idiotin.«

Wir wanderten nicht, geschweige denn marschierten wir. Wir stapften. »Endlich stapfe ich wieder«, sagte er. Und das so gleichmäßige Geräusch bei unserem Stapfen hörte ich, vor allem im Laub, als das Dahinstampfen eines Zuges, eines gar langsamen, nicht und nicht in volle Fahrt kommenden – recht so!, und ich erinnerte mich an den Satz, den jemand über meine *Versuche* gesagt hatte: »wie ein langsamer Milchzug in der Herrgottsfrühe«. Und so stapften wir. Stapften, stapften, stapften. Musik des Stapfens, andere Karawanenmusik.

Wurde der Weg, so wir überhaupt uns auf einem bewegten, zu eng für uns zwei, ging mein Freund voraus, und ich sah seinen Rücken voll von Kletten, die in Trauben und Clustern auch an mir hafteten. Ab und zu drehte er sich um und erzählte mir bisher unbekannte Bruchstücke seiner Geschichte, wie von etwas längst Überstandenem: Wie im Zweiten Weltkrieg sich Partisanen als Pilzsucher verkleidet hätten, habe er sich einmal umgekehrt für den Wald als Partisan verkleidet, um das zu finden, worauf er so scharf war, und ein andermal habe er, als Erbschaft oder Vermächtnis für sein Kind, eine Karte mit den »Schatzvorkommen« der ganzen Gegend gezeichnet. Und einmal, im Blick über die Schulter, weniger zu mir als ins Leere, rief er aus: »Was habe ich doch für Glück gehabt, mein Leben lang! Und wie habe ich mich immer wieder getäuscht, einmal bitter, dann schön. Sich schöntäuschen!« Und dazu trat er auf einen altgewordenen, löchrigen Boviste am Wiesenrain, worauf aus dem Pilz der schwarzbraune Rauch hinstob, als bewegliche Schwelle vor dem Eintritt in den Winter.

Gegen Mittag zog der Himmel zu, es wurde kälter, und der Wind schlug um, kam vom Norden. Nach dem Buschgrab für »Arthur Tetu«, im Anstieg auf den Hügelrücken, dem höchsten in dieser Richtung zwischen Paris und dem Meer bei Dieppe, setzte ein Regen ein, der bald als Hagelschauer in unsere Gesichter stach, was uns aber wenig ausmachte, »uns« – wie der Dorffreund sich umwendend ausrief –, »den Söhnen der Berge!« Vorher durchquerten wir freilich noch das Dorf namens Chavençon in der weithinschwingenden Ebene und stellten uns zu zweit am Dorfstraßenrand auf die längst ausgediente Brückenwaage – keine Viehmärkte mehr – und schaukelten und schaukelten, und ruckelten und ruckelten, wollten eine kleine Zeitlang gar nicht mehr weiterwandern.

Später, am Nachmittag, kam die Sonne neu heraus, es wurde windstill, und aus dem Blau wurde ein Blauen, aus der Reglosigkeit der Wolken ein Sichtürmen, aus dem letzten Grün ein frisches Grünen; und als wir, auf halber Höhe des Hügelrückens, noch vor dem großen Wald, dem einzigen der Gegend, eine Kuhweide überquerten, war ich es, der unwillkürlich Ausschau hielt nach den *senderuelas*, alias *carrerrillas*, alias *Bergnymphen*, alias *Nelkenschwindlingen*, von denen ich wußte, daß sie da alljährlich bis tief in den Dezember in Form von Hexenkreisen wuchsen: ja doch, hm, der Freund hatte mich eine Zeitlang mit seinen Pilznarreteien angesteckt – und ich sah die Nymphen in der Tat von weitem schon sich runden wie Lassoschlingen: rasch den andern beiseitegezogen und getan, als hätte ich irrtümlich den falschen Weg genommen. Und er dazu: »Sind wir noch in der Zeit?« Und ich: »Wir sind in der Zeit, endlich!« Und wirklich standen dann auf der Weide die zwei bewußten Ackergäule, auf die wir uns schwangen wie einst in der Dorfkindheit, für eine kurze Strecke nur, die aber genügte, daß sich die Gäule in Reitpferde verwandelten, schwankende, wiehernde, witternde, was wohl? Und für einen Augenblick verwandelte sich das eine Tier in einen Esel, welcher quer durch das Land stöhnte und schmetterte, während sein Partner ein entsprechendes Schnauben ausstieß.

Danach durch den großen Wald, in lichter Weite Eichen, Edelkastanien, Buchen statt des gegendüblichen Buschwerks: Ja, war das denn so gedacht? – Ja, so war das gedacht. – Und von wem? – Von mir. Gedacht. Getagträumt. Vorgesehen. Solch eine Vorsehung: Es gab sie.

Vor dem Waldsaum zog der Himmel wiederum zu, und es fing zu schneien an, zum ersten Mal im Jahr, und so still und dicht wie seit jeher beim ersten Mal. »Oder zum letzten Mal?« (So wieder er.) Im Nu die alte neue weiße Welt, und das Geburtstagskind ging nun, obwohl wir, bis zu unserm Herbergsziel am Gegenfuß des Hügelrückens, auf einem breiten Weg bleiben konnten, hinter mir, buchstäblich in meinen Fußstapfen; unser Stapfen kein Lokomotivstampfen mehr, eher ein Knarren, nicht unähnlich dem Rufen und Einanderzurufen von zwei Raben, woraus dann am Rand des Waldes das knarrende Rufen eines Raben allein wurde: der andere, der hintere, hatte innegehalten vor den vom Schneewind durchwehten Saumbäumen, und ich hörte ihn, nur zu sich selber, sagen: »Im Rauschen sein, im Geschehen sein. Und oben in den Kronen das große Weben, Weben und Webstoff in einem. Ah, warum bin ich nicht an den Waldrändern geblieben?!« Großes Brausen dazu dort am Saum, und ein Knattern der laublosen Äste wie von einem Festbaldachin. Zu unseren Füßen eine tote Brieftaube, wie gerade erst aus dem Himmel in den frischen Schnee gestürzt und in ihn einen Krater geschlagen, das Bein mit einer Botschaft umwickelt. Wir wollten diese aber nicht wissen.

Bergauf, und hinein in die Wälder, wo es kam, wie es kommen mußte, und wie es, wenn es euch genehm ist, auch gedacht war. Und von wem? Siehe oben. Gerade der dichte, überall sonst links und rechts des Weges einförmig weiße Schnee – der Wetterbericht bewahrheitete sich – hob an einer Stelle umso klarer eine Form heraus, etwas, das, läge es flach auf der Erde, eine Tellermine sein konnte. Aber das Ding in dieser Form, es lag nicht, es stand, es ragte. Und stürzte sich, »he«, der Pilznarr, »he, du!«, darauf, wie gedacht (als zeitweiser Mitnarr kannte ich die Stelle und wußte, daß da selbst im Vorwinter noch ein Steinpilz wuchs)? Nein, anders als gedacht, trat er erst ein paar Schritte zurück. Dann aber »He, du bist mir der Richtige!« ausgerufen und auf die Rundform zugegangen, eher -geschritten, langsam, in Kreisen, Spiralen, Ellipsen.

Zu guter Letzt allerdings kam es nicht, wie es kommen hat müssen, vielmehr einzig, wie es gedacht – geträumt – vorgesehen – eingegeben war; wie es der Eingebung entsprach: Im letzten Moment, bevor der Narr sich bückte oder, bewahre!, gar auf die Knie warf, knielings in den Schnee, trat jemand auf den Plan, und kam ihm zuvor. Jemand? Eine hohe Gestalt. Eine Frau. Die Frau. Die Eine: Von mir, oder wem, zu seinem Geburtstag, hervorgerufen. Da stand sie nun vor ihm, wie an einem fernfernen Horizont, selber dieser Horizont, und diesmal blickte er nicht auf das Ding in ihrem Arm, sondern in ihr Gesicht, und erkannte sie wieder. Einstmals hatte er sich als ihren Retter gesehen. Oder als ihren Vervollständiger. Und jetzt? Jetzt war es gerade umgekehrt. Ging er auf sie zu? Nein. Obwohl es nur zwei, drei, höchstens vier Schritte hin zu ihr waren, lief er, wie er so stand, rannte auf sie los. Nur Kinder habe ich je derart aus dem Stand losrennen sehen, einmal auf den Vater, einmal auf die Mutter zu, oder auf wen auch immer. – Im Sommer wäre der Hügelzug gesäumt von Blaubeerensträuchern. Und jetzt? – *The time stood still/ on Blueberry Hill.*

Und glücklich und zufrieden nachtmahlte unser Trio in der *Auberge du Saint Graal*, in dem Dorf Grisy-le-Plâtre am Gegenhang der Hügelkette, »Plâtre«, das ist »Gips«. Adresse der Herberge: *Place du Soleil Levant*, Platz der Aufgehenden Sonne. Als Vorspeise: Einmal dürft ihr raten. Und mitten in der Mahlzeit dann gesellte sich zu uns dreien, mehr oder weniger unversehens, noch ein vierter dazu. O Jugend. O verjüngte Welt.

Aber ist das am Ende nicht zu viel des Märchens? Mag sein: Im Märchen wurde er geheilt. In der Wirklichkeit aber … – Dazu sagt freilich die Eingebung, oder was oder wer sonst: Das Märchenhafte, im Fall des

Falles, ist das Allerwirklichste, das Notwendige. Luft, Wasser, Erde und Feuer als die vier Elemente, und der Märchenmoment als das fünfte, das Zusatz-Element. Für eine Geschichte, diese hier zumindest, aus der Pilzwelt hat das Märchenhafte, bei all dem täglichen Giftgeschwätz, den sommer- und herbstlichen Giftregentagen, den Anrufen jahraus, jahrein bei den Internationalen Giftzentralen, bei all den nie zur Ruhe kommenden Giftküchen, zu guter Letzt, wie gesagt, seinen Platz.

Zu vorgerückter Stunde in der *Auberge du Saint Graal* rieten wir die Zeit. Wir irrten uns alle vier. Aber wer sich am stärksten irrte und am gewaltigsten verschätzte, das war er.

(Marquemont/Vexin – Chaville – Marquemont
November – Dezember 2012)